Laura D.

w.tredition.de

Bis es Klick macht

www.tredition.de

© 2022 Laura D.

ISBN Softcover: 978-3-347-62097-1
ISBN E-Book: 978-3-347-62099-5

Druck und Distribution im Auftrag des Autors:
tredition GmbH, Halenreie 40-44, 22359 Hamburg, Germany

Das Werk, einschließlich seiner Teile, ist urheberrechtlich geschützt. Für die Inhalte ist der Autor verantwortlich. Jede Verwertung ist ohne seine Zustimmung unzulässig. Die Publikation und Verbreitung erfolgen im Auftrag des Autors, zu erreichen unter: tredition GmbH, Abteilung "Impressumservice", Halenreie 40-44, 22359 Hamburg, Deutschland.

Vorwort

Bis es Klick macht. Ein wohl gewählter Titel, vor allem wenn es sich um ein Thema handelt das in der Gesellschaft mehr unbeachtet als beachtet wird. Jede und jeder kann in diese Falle tappen. Einfach so. Denn wir leben in einer Gesellschaft, die von Äußerlichkeiten und deren Darstellungen geprägt ist. Überall werden wir von Bildern und Darstellungen überhäuft. Und alles sieht perfekt aus. Ohne Makel. Am besten ohne Makel. Und genau hier liegt das Problem. Immer mehr Menschen geraten durch diesen Wahn in die Teufelsspirale der Magersucht. Magersucht, welch schreckliches Wort für eine wirkliche Krankheit. Es ist eine wirkliche Sucht. Ohne sich selbst zu reflektieren rutschen immer mehr Menschen und besonders Jugendliche in die Falle dieser Sucht.

Nennen wir es doch beim Namen. Es ist ein gesellschaftliches Problem. Und dieses Problem kann Jede und Jeden treffen. In jede Familie einziehen. Niemand ist davor geschützt, weil wir in einer völlig absurden medialen Welt leben. Alles und wirklich jeder Moment eines Lebens kann der Öffentlichkeit mitgeteilt werden. Schon mit 9 - 10 Jahren laufen Kinder mit ihrem Smartphone umher und sind über die sogenannten „Social-Media" mit vielen verbunden. Das nennt man heute „Sozialkontakte". Während früher sich jeder persönlich verabreden musste, oder sich per Telefonanruf miteinander verband, ist heute alles per „Kurznachricht" machbar. Genauso ist es mit den Mitteilungen, wie man sich fühlt, was man gerade macht, oder wie man aussieht. Jeder noch so unbekannte Pseudo- Promi verbreitet sein Aussehen in den sozialen Medien. Oder das Fernsehen macht mit seinen Sendungen, wie man sucht ein Supermodel, ein Muss wie man aussehen soll schon fast zum Zwang. Gut, hier kann man erwähnen, dass man als das nicht nachmachen muss oder sich so etwas nicht ansehen muss. Doch die Realität sieht einfach anders aus. Aus diesen medialen Zwängen kommen viele nicht mehr heraus. Man will dazu gehören und da ist ein perfekter Körper einfach ein Muss. Aber Schuld sind nicht nur die Medien oder sozialen Netzwerke. Sie sind ein Teil des ganzen Problems. Magersucht und seine Folgen führen zu massiven gesundheitlichen Problemen mit Langzeitfolgen. Nur darüber reden möchten weder die Betroffenen, noch die Gesellschaft hinhören oder hinsehen.

Genau deswegen möchte ich mit diesem Buch und meiner Geschichte, einer wirklich betroffenen jungen Frau, dieses wichtige Thema bekannter machen und Jugendliche davor bewahren, in den gleichen Teufelskreislauf zu geraten.

Meine Geschichte ist echt und tatsächlich so passiert. Sie ist aus meiner betroffenen Sichtweise geschrieben und soll einen tiefen Einblick in ein solches Leben geben und auch nichts beschönigen. Ebenso habe ich mich bemüht aus der anderen Seite auf dieses Problem zu schauen und zu verstehen, warum eine Gesellschaft hier immer wieder wegsieht. Es ist ein Versuch junge Menschen davon abzuhalten, sich immer nur an Äußerlichkeiten messen zu lassen oder gar in die Spirale der Sucht zu geraten.

Wenn ich es schaffe, dass nur wenige junge Menschen wieder mehr Sinn ohne Wahn des Gefallens zu leben und das Thema Magersucht und ihre Folgen öffentlicher werden, habe ich viel erreicht.

Schauen wir also nicht weg, sondern trauen uns über ein Thema zu schreiben und zu reden, dass viele betrifft, aber kaum einer wahrhaben möchte.

1. Kapitel

Sucht.

Wenn man sich mit dem Thema „Magersucht" beschäftigt, dann fällt einem sofort das Wort „Sucht" ins Auge. Ist das Verweigern von Essen oder das Erbrechen von Gegessenem, also die Bulimie, tatsächlich einfach nur eine Sucht?

Mit diesem Buch will ich keinen medizinischen oder psychotherapeutischen Aufklärungsauftrag erfüllen. Vielmehr geht es mir darum, das Problem aus verschiedenen Sichtweisen aufzuzeigen.

Die eine Sichtweise, ist die einer betroffenen jungen Frau, die alles selbst erlebt hat. Die andere ist die, fernab dieser Erkrankung einen Blick darauf wagt. Gesamt gesehen will ich das Thema in die Öffentlichkeit bringen und junge Menschen davor bewahren in diese Sucht und Erkrankung zu geraten.

Denn diese Sucht ist eine Erkrankung, und führt neben dem massiven Gewichtsverlust, zu weiteren Erkrankungen des Verdauungstraktes und besonders der psychischen Situation.

Viele von Ihnen werden sich fragen, wie man denn überhaupt in eine solche Sucht geraten kann. Es ist doch heutzutage gar nicht mehr nötig in so etwas hineinzugeraten.

Das stimmt. Doch es gibt eine große Menge junger Menschen, die aus verschiedenen Gründen in eine solche Spirale hineingeraten. Gründe gibt es genug. Und wenn es keinen Grund gibt, dann schauen wir uns einmal genau an, was „Sucht" überhaupt bedeutet.

In gewisser Weise kennen wir alle Süchte. Der eine ist Nikotinsüchtig, ein anderer Alkoholsüchtig, ein anderer

Spielsüchtig, wieder ein anderer Sport süchtig und so weiter. Die Liste ist unendlich lange und auf fast alles anwendbar.

Niemand ist davor geschützt nicht doch süchtig nach etwas zu werden.

Führen Süchte zu einer Erkrankung oder sie schränken unser Leben sehr ein, dann wird es offensichtlich. Alles was davor passiert, wird von uns allen akzeptiert und toleriert. Niemand macht sich große Gedanken, ob die eine oder andere „Schwäche" uns oder anderen schadet. Erst wenn das Kind im Brunnen liegt, wie es ein Sprichwort sagt, dann wird etwas getan.

Doch was wird wirklich getan, wenn wir oder unser direktes Umfeld nicht betroffen sind?

Nichts.

Man schaut dezent weg oder begründet sein wegschauen damit, dass man sagt: „Es ist ja demjenigen selbst seine Schuld". Das ist legitim und es schützt uns selbst. Aber eben nur so lange, wie wir selbst oder ein Angehöriger nicht doch betroffen ist.

Bei dem Thema „Magersucht" ist wegschauen nur noch dann möglich, wenn die Folgen kaum sichtbar sind. Sind sie sichtbar, dann ist es meistens schon zu spät und der oder die Betroffene ist in der Spirale des Verderbens schon mittendrin.

Magersucht ist kein Neuzeitliches Phänomen. Das gab es immer wieder in der Geschichte.

Dabei spielten früher schon gesellschaftlicher Druck eine große Rolle.

Ein sehr bekanntes Beispiel ist Kaiserin Sissi von Österreich. Sie wollte mit aller Gewalt ihre kindliche und schlanke Figur niemals verlieren. Beobachter aus der Zeit berichten von wahren Exzessen der Kaiserin, wenn es um ihren Körper ging. Nicht nur, dass sie jeden Morgen zwei Stunden für anziehen und zurechtmachen brauchte, nein, sie hatte jeden Tag ein acht Stunden Pensum an Sport und Bewegung sich selbst auferlegt. Dazu gehörten stundenlange schnelle Spaziergänge, die ihre begleitenden Bediensteten, schlichtweg zur Erschöpfung brachten. Daneben absolvierte sie ein tägliches Trainingsprogramm mit Leibesübungen, wie es damals hieß. Selbst bei Essen lief sie um den Tisch herum, um ja kein Gramm zuzunehmen. Das ist sicher ein kaum bekanntes Bild dieser „Traumfigur" Sissi, aber sie ist ein Beispiel für die Sucht mit dem Gewicht. Und solche Beispiele gab und gibt es reichlich in der Geschichte.

Heute sind es nicht viele andere Gründe wie damals. Man will in einer Gesellschaft akzeptiert werden und koste es eben die Gesundheit.

Dieses Phänomen „in der Gesellschaft akzeptiert und anerkannt werden" ist ein Menschheitsproblem. Denn mit dieser Akzeptanz bekommt man ein vermeintliches Gefühl von dazu gehören vermittelt. Dabei spielt die Äußerlichkeit eine große Rolle. Und dieses äußerlich perfekt sein führt in diese Sucht, die Magersucht.

Viele von Ihnen werden jetzt denken, dass man sich in seine Rolle zwingen lässt. Das stimmt. Ich gebe Ihnen vollkommen recht. Man lässt sich in diese Rolle und auch in die Sucht zwingen. Nur diesen Punkt zu erkennen und dagegen zu steuern, wird verpasst und aus einer Rolle wird eine Sucht. Wie in meinem Fall.

Sie können jetzt auch urteilen und sagen: „Niemand muss süchtig werden und sich so gehen lassen". Auch da gebe ich Ihnen recht. Man muss es nicht, doch es geschieht millionenfach. Die Süchte sind vielfältig und manche offensichtlich. Magersucht ist erst dann sichtbar, wenn alles zu spät ist. Zu spät für den Betroffenen und doch immer wieder schaffbar, dort raus zu kommen. Das war nicht immer so. Im Laufe der Zeit hat sich das Bild der Magersucht auch gesellschaftlich verändert.

Während früher fast ausschließlich wohlhabende Menschen von dieser Sucht betroffen waren, waren die Ärmsten grundsätzlich von Hunger und Untergewicht betroffen. Nur diejenigen, die es sich leisten konnten, mussten sich Gedanken um ihr Aussehen und Gewicht machen.

In der modernen Zeit, und hier spreche ich von der Zeit ab 1960, kam ein völlig neues Phänomen hinzu. Der Wohlstand für fast alle. Doch seit circa dreißig Jahren hat sich das Bild nochmal verändert. Durch die mediale Verbreitung wurde der Wahn der Schönheit nochmals gesteigert. Zu diesem speziellen Thema werde ich später näher eingehen. Nur sollte ich hier schon erwähnen, dass seitdem die Zahl der magersüchtigen Menschen in den Industriestaaten um ein Vielfaches gewachsen ist. Ein riesiges Suchtpotential ist entstanden. Und hier will ich das Wort Sucht mit voller Absicht gebrauchen, denn es wurde regelrecht eine Suchtwelle.

Sie geschieht erst im versteckten und wird dann immer deutlicher.

So wie es die andere Seite gibt.

Junge Menschen, die mit großem Übergewicht, aufgrund falscher Ernährung und Bewegungsmangel ebenfalls süchtig sind. Diese Diskrepanz können Sie selbst, wenn Sie durch eine Stadt laufen, gut beobachten. Dort begegnen ihnen junge Menschen die extrem dick sind und genauso das Gegenteil. Abgemagerte junge Menschen, in der Hauptsache Mädchen und junge Frauen, die in kleinste Kleidergrößen passen. Hier läuft ein riesiges Suchtpotential durch die Städte.

Mir ist es wichtig, dass die Gesellschaft wieder mehr auf die Menschen blickt und auch in seinem eigenen Umfeld achtsamer wird. Auch wenn mir völlig klar ist, dass gerade in der eigenen Familie, aufmerksam machende Gespräche zu diesem Thema schwer möglich sind, da sich die betroffene Person niemals dazu bekennen möchte. Doch es ist wichtig, dass man den Anfängen wehrt und nicht lockerlässt.

Ich, als selbst Betroffene möchte mit meiner Geschichte genau diesen jungen Menschen Mut machen sich zu öffnen. Gespräche zuzulassen und sich selbst genauer zu betrachten, und das im wahrsten Sinne des Wortes.

Aus meiner eigenen Erfahrung möchte ich Euch sagen: Leute, es ist eine Sucht und aus der kommt man nicht einfach so raus. Auch wenn Ihr es denkt und vielleicht ganz oft versucht habt. Es ist nicht einfach, doch es ist möglich. Lasst Euch von der Familie und Freunden helfen. Geht und sucht Euch professionelle Hilfe. Es ist ein Teufelskreislauf und den zu durchbrechen ist nicht einfach. Lasst Hilfe zu. Denkt ein bisschen darüber nach, dass Euer Zustand gesundheitliche Schäden hinterlässt. Schäden außerhalb des Gewichts. Diese können weitreichend sein und Euer ganzes Leben sehr verändern. Je früher ihr Euch helfen lasst, desto größer ist die Chance, dass Ihr ein gesundes Leben führen könnt.

Deshalb ist es mir so wichtig über dieses Thema zu schreiben, denn diese Magersucht hat mein eigenes Leben nicht nur verändert. Nein, es hat großen Schaden angerichtet. Schäden an meinem Körper und meinem Innenleben. Es sind Schäden, die aus der Sucht entstanden sind.

Jede Sucht hinterlässt irgendwelche Schäden. Körperliche Schäden kann man meist in irgendeiner Form wieder in Ordnung bringen, doch es gibt die tieferen Schäden. Die in einem Selbst. Und auch diese Schäden werden zu einer Sucht. Man provoziert diese Veränderungen durch sein Handeln. Man macht es bewusst und unbewusst. Sie entstehen und jeder selbst merkt es. Doch man schaut weg von sich. Am Anfang ist das Wort Sucht für dich als betroffenen Menschen nicht da, denn damit müsstest du dir Schwäche eingestehen. Doch du selbst entwickelst diese Sucht vermeintlich aus Stärke. Besonders die Magersucht gehört zu diesem Phänomen. Man kann etwas erreichen, was vielen nicht gut gelingt, du nimmst stetig ab und zeigst es damit allen, die mit ihrem Gewicht zu kämpfen haben. Du bist ein Held, eine Heldin. Mit jedem Gramm und Kilo zeigst du der Welt, was du im Stande bist zu können. Sucht? Nein, für dich ist es eine Erfüllung. Bei mir und vielen anderen kommt dann hinzu, dass man Sport als Ventil und Möglichkeit nutzt, um das Ziel besser zu erreichen. Sport ist keine Sucht. Sagen alle. Stimmt, wenn du das normale Maß nicht verlässt. In dem Moment, wo du nicht mehr verstehst, dass dein Kopf sich nur noch um Abnehmen und Sport dreht, hast du ein echtes Problem. Dann wird es zur Sucht und das ist so. Magersucht geht in vielen Fällen auch ohne extrem viel Sport. Die Menschen, und hier sind es in der Hauptsache Mädchen, ziehen sich zurück und hungern vor sich hin. Hier kommt eine Komponente ins Spiel, die ich im nächsten Kapitel näher betrachten möchte. Das soziale und heutzutage mediale Umfeld. Eine sehr wichtige Komponente in diesen Zeiten, denn vieles dreht sich um dieses Thema: Gefallen. Aber wem will man eigentlich gefallen? Das ist bei der Magersucht gar keine echte Frage. Denn befindet man sich in diesem Teufelskreislauf, ist das Wem gar nicht mehr wichtig. Die Waage entscheidet die Richtung. Und es gibt nur eine Richtung. Es muss immer weniger Kilogramm auf der Anzeige erscheinen. Es ist die Sucht nach dem Weniger und immer leichter werden.

Es dreht sich die Spirale um einen. Sie dreht sich unaufhörlich und du selbst nimmst nichts mehr an Warnungen und Hinweisen wahr.

Darum wende ich mich mit diesem Buch an Euch alle. Lasst Euch nicht auf diese Teufelsspirale ein. Sie zu durchbrechen braucht größere Kraft, als die die es braucht um hinein zu geraten. Achtet auf Euch und auf die Hinweise von Menschen, die Euch nahe stehen. Nehmt es ernst, wenn jemand der Euch mag sagt: Vorsicht, du veränderst dich zu deinem Nachteil. Bleibt bewusst für Euch selbst.

2. Kapitel
Das soziale und mediale Einwirken.

Wir Menschen sind soziale Wesen. Eine Tatsache, die sich kaum leugnen lässt. Ohne soziale Kontakte werden wir nicht glücklich oder können uns zu einem Menschen mit all seinen Stärken und Schwächen entwickeln. Auch wenn man sich im Laufe des Lebens für ein Leben ohne große Familie oder Gruppe entscheidet, sind wir doch soziale Wesen. Berichte von sogenannten Eremiten, die sich irgendwohin verzogen haben und dort irgendwie gelebt haben, sind sicher interessant, aber für die Mehrheit der Menschen schlichtweg nicht vorstellbar. Soziale Kontakte haben wir schon vor der Geburt. Im Mutterleib bekommen wir vieles mit, was um die werdende Mutter herum passiert. Geräusche und Emotionen nehmen wir wahr. Auch wenn wir im Bauch der Mutter kein großes Mitspracherecht haben, so bekommen wir doch vieles mit. Nach der Geburt werden diese Kontakte immer wichtiger. Sie sind das Lebenselixier. Wir saugen diese sozialen Dinge regelrecht in unserem Gehirn auf und verarbeiten sie. Sie beeinflussen immer mehr uns als Mensch. Erst unbewusst, dann immer bewusster. Mit jedem Tag unseres Lebens werden diese Einflüsse anders verarbeitet. Wir entwickeln uns mit diesen Einflüssen. Ob wir das wollen oder nicht. Sie prägen unser Leben. Und das nicht zu kurz. Wir werden regelrecht zu sozialen Junkies. Immer schön rein und verarbeiten. In jedem Lebensabschnitt ist das so. Zu jedem Zeitpunkt. Ohne Wenn und Aber.

Als Kind prägt dich dieses soziale Erleben sehr stark, denn in dieser Phase werden Grundstöcke für dein weiteres Leben gelegt. Nur, es hört nicht auf, die soziale Entwicklung läuft weiter. Sie beeinflusst dich und dein Handeln. Und wenn es in deinem Leben zu einem Kontakt kommt, dass dein Körper als Ausdruck deiner Selbst in den Vordergrund geschoben wird, dann können plötzlich merkwürdige Sachen passieren.

Menschen, die noch vorher als völlig gefestigt gewirkt haben, werden unsicher oder zweifeln an sich. Aber warum jetzt? Genau diese Frage versuchen wirklich schlaue Menschen, wie Psychologen und andere zu beantworten. Doch eine einfache Antwort kann es da nicht geben. Wenigstens aus meiner Sicht. Und die will ich hier veröffentlichen. Ich möchte keine Abhandlung schreiben, die wirkt, als hätte ich viele psychologischen Bücher gelesen. Noch möchte ich den Eindruck hinterlassen, dass ich als Betroffene gar weiß, wie man es verhindert. Hätte ich es gekonnt, dann hätte ich es gemacht und ich würde dieses Buch nicht schreiben. Und weil es nicht einfach ist, passiert es. Man kommt in die Krankheit Magersucht. Es ist eine Krankheit und die hat auch ihre Ursache im sozialen und medialen Umfeld. Während in früheren Jahrzehnten und Jahrhunderten ausschließlich das nächste Umfeld den Menschen beeinflusst hat, ist es in der heutigen Zeit immer mehr das mediale Umfeld auf vielen Kanälen. Früher beeinflusste eine gewisse Mode die Menschen, und hier ganz explizit die Damen. Sie mussten einer Mode entsprechen. Körperlich vor allem. Sie mussten gefallen, denn man wollte sich zeigen oder gesehen werden. Es ist kaum anders als heute, nur die Art der Kommunikation war anders. Man nannte es auch schon damals: Schönheitsbild. Hauptsächlich Frauen mussten dem entsprechen, bei den Herren reichte oftmals ein dementsprechender Bart und schon war man schön. Eine Frau musste schon ihr ganzes Äußeres aufwarten, um zu beeindrucken. Die Mode half nach. Es gab Hilfsmittel, schon ganz lange. Hier alle aufzuzählen ist sicher unnötig, denn jeder kann sich da genauestens informieren. Dem Internet sei Dank. Es zeigt, dass körperliche Veränderung zu jeder Zeit erwünscht war. Nur in den früheren Jahren war diese Veränderung einer bestimmten Klasse vorbehalten. Denn diese Klasse hatte ausreichend Nahrung und Genuss, um überhaupt in Verlegenheit zu geraten, sich verändern zu müssen. Die meisten anderen Menschen waren froh überhaupt genug zu haben. Nur diese Extraklasse hatte auch schon damals einen regelrechten Wahn um das Aussehen. Die

Damenwelt wurde durch die Mode und den sozialen Kontakten gezwungen diesem Schönheitsbild zu entsprechen. Und sie tat es. Quetschte sich in Korsagen und Mieder, die der Frau regelrecht die Luft wegnahm. Nur gut aussehen war wichtig. Bei jedem Gramm zu viel wurde die Qual größer. Also, begann man mit Diäten und obskuren Essgewohnheiten, um die lästigen Kilos los zu werden. Traf man sich auf Bällen, wurde über einen oder sagen wir besser einer, gesprochen. Wie die aussieht und welch Figürchen sie hat. Oder das Gegenteil, wie fett die geworden ist und wie unmöglich das aussieht. Es wurde aber kaum mit der Dame gesprochen. Bemerken Sie etwas? Genau, es hat sich nichts verändert. Oder sagen wir kaum. Heute gibt es für dieses Sprechen über andere ganz andere Kanäle. Die Medien, wie Fernsehen und Internet. Die Zeitschriften habe ich bewusst heraus gelassen, denn die spielen kaum noch eine Rolle, da das Internet alle überholt hat. In Geschwindigkeit und in Fülle. Das Internet mit all seinen Vorzügen, was Informationen und Wissen einholen angeht. Es war für die Menschheit ein regelrechter Segen, dass dieses Medium in unser aller Büros und Wohnungen eingezogen ist. Genauso hat es seinen Fluch. Denn nicht nur sinnvolle Informationen werden dort verbreitet. Nein, immer mehr wird dieses Medium zu einem anonymen Helfer für Stalking und Hetze gegeneinander. Ich möchte das Internet bestimmt nicht in eine Ecke drängen, wo es nur schlechtes beinhaltet. Es hat seinen Platz in der Gesellschaft auf der ganzen Welt verdient. Doch dürfen wir alle nicht vergessen, was es auch anrichten kann. Genauso, wie es das Medium Fernsehen seit vielen Jahren geschafft hat. Erst durch diese Einrichtung in fast allen Wohnzimmern, konnten Informationen jeglicher Art schnell und effektiv verbreitet werden. Noch viel besser, als mit Zeitschriften und Büchern. Man muss gar nicht lange warten und schon bekommt man fast alles mit. Leider gibt es hier auch nicht nur die Sonnenseiten, sondern auch die Schattenseiten. Nicht nur, dass Informationen gefälscht durch die Kanäle fließen, es werden auch sogenannte „Fake News" in Massen verbreitet. So entstanden Sendungen, die gesellschaftlich Einzug in die Wohnzimmer und somit in die Familien fand. Die heile Welt der Filme und Serien. Und eben auch die perfekten Menschen, die in diesen perfekten Familien hinein passten. Es wurde ganz explizit der perfekte Mensch gezeigt. Dieses Perfekt sein hat sich so weit gesteigert, dass entsprechende Formate sich irrsinniger Beliebtheit erfreuen. Und hier liegt der Hase im Pfeffer. Durch solche Sendungen und Formate werden jungen Menschen, und insbesondere jungen Frauen, vorgegaukelt, dass ein perfekter Körper auch ein ideales Leben ermöglicht. Die Schattenseiten dieser Qualen werden nicht gezeigt und schon gar nicht erwähnt. Es soll und muss perfekt wirken. Denn nur so kann ein Reiz für die Menschen erzeugt werden. Und die Menschen fallen reihenweise auf diese Formate herein. Sie eifern all den Schönen und perfekten Menschen nach. Aber sind die wirklich so perfekt? Sie tun so, als ob. Das gehört zu dieser Strategie. Schaut man irgendwann hinter die Fassade, dann kommen gebrochene und zerstörte Menschen zu Tage. Menschen, die noch weniger perfekt sind, als jeder andere auf dieser Welt. Doch die Show muss nach außen getragen werden. Sicher werden viele jetzt fragen oder sagen: Diese Formate muss man ja nicht ansehen oder gar den Typen nacheifern. Das ist völlig richtig. Aber der Mensch ist schon immer so gewesen. Vorbilder, egal welcher Art reizen zum Nachmachen. Ohne diesen Reiz würden auch sinnvolle Dinge nicht erfunden worden sein oder hätte es Fortschritt gegeben. Nur es gibt eben auch diese vielen völlig unsinnigen Dinge und die gefährlichen Sachen, die Menschen zu etwas treiben, was gesundheitlich schädlich sein kann. In vielen Familien ist dies zu beobachten. Junge Frauen und Mädchen eifern jemandem hinterher. Folgen ihnen auf Facebook, Instagram oder schauen sich jede noch so verrückte Sendung an. Die Medien haben unsere Gesellschaft verändert und tun es jeden Tag. Kaum jemand kann sich davon befreien. Es ist in der Gesellschaft angekommen und nicht mehr weg zu denken. Die Medien bestimmen den Alltag und durchaus auch unser Verhalten. Im Fall der Magersucht, ist das eine fatale Spirale, die nicht nur körperliche Schäden hinterlässt.

Sie verändert den ganzen Menschen. Nichts ist mehr wie es einmal war, wenn du dich in diesem Sog befindest. Und immer wieder kommen die Medien ins Spiel. Glaubst du, dass du dich gar nicht mehr richtig damit beschäftigst, dann blinkt bei deinem nächsten Besuch im Internet ein Schlankheitsmittelchen auf. Oder es wird dir eine Methode, wie du zu deinem perfekten Körper kommst, angezeigt. Der Algorithmus des Internets vergisst nichts. Du bist drin. Im wahrsten Sinne des Wortes. Nur wenn du es schaffst, dich davon zu befreien, wird es irgendwann aufhören. Aber tut es das wirklich? Es kann. Aber dazu braucht es im Fall der Magersucht professionelle Hilfe von außen. Denn bist du erst mal mit deinem Gewicht auf einem Level eines völlig untergewichtigen Menschen, dann schafft es kaum einer da alleine raus. Und um da raus zu kommen, hilft dir das Internet nicht. Dieses Medium hört nicht auf das perfekte Leben und den perfekten Menschen ins richtige Bild zu rücken. Davon lebt dieses Medium. Es lebt nicht davon, dass Menschen gezeigt werden, die Probleme haben oder wirklich Hilfe brauchen. Außer es sind Bilder aus Kriegsgebieten oder zu Spendenaufrufen. Dann sehen wir genau das Gegenteil zum Perfekten. Und das mit Absicht. Denn auch hier sollen wir geschockt werden, im negativen Sinn. Damit wir etwas tun. Ist das Drama vorbei, dann gibt es wieder die Welt der Schönen und Perfekten. Kaum irgendwer interessiert sich wirklich dafür, wie eine Geschichte weitergeht, beziehungsweise, wie es den Menschen wirklich geht. Wir leben in einer superschnellen Informationszeit. Da ist kein Platz für langwierige Prozesse oder Lebensgeschichten. Es muss schnell, kurz und knackig sein. Hopp und Top. Magersucht und andere Krankheiten sind für solche Informationen wenig geeignet. Es dauert zu lange. Man kommt schnell in den Teufelskreislauf, aber raus geht es nur langsam. Das reinkommen interessiert ja noch einige, aber wie man rauskommt, kaum noch wen. Warum auch. Die Gesellschaft ist durch diese Medien auch immer egoistischer geworden. Mein Problem ist das Wichtigste. Und es muss schnell verbreitet werden und genauso schnell soll es weggehen. Nur das Leben ist langsamer als das Internet und alle anderen Turbomedien. Wir müssen achtsamer werden. Mit uns und mit dem was die Medien um uns herum anrichten. Das wäre mein größter Wunsch. Achtsamer. Mit dem was passiert und wie es passiert.

Damit viele Menschen von meinem Leben noch mehr erfahren, habe ich meine Geschichte niedergeschrieben. Sie soll zeigen, was alles passieren kann, wenn man nicht achtsam ist und wenn man in diese Falle Magersucht hineintappt. Meine Geschichte soll aufwecken und mahnen. Aber nicht mit dem erhobenen Zeigefinger, sondern mit dem was passiert ist. Jeder kann sich selbst ein Bild machen und soll es auch. Es ist meine Geschichte und ich würde mich sehr freuen, wenn sie dazu beiträgt, dass manch eine oder einer mit sich selbst besser umgeht.

Bis es Klick macht

Tja, nun sitze ich hier auf der Couch und weiß nicht, wo ich anfangen soll.

Ich bin fast 30 Jahre alt und habe in meinem Leben schon so viel erlebt. Aber was beschäftigt und belastet mich, was möchte ich mir von der Seele schreiben?

Zu viel Privates, dass einige Menschen in meiner Umgebung nichts angeht?

Gibt es zu viele Menschen, die zu diesem Thema ein Buch schreiben und ihre Gedanken teilen? Wen interessiert es?

ABER ich denke an Euch, an DICH da draußen. Genau die Person, die in der gleichen Zwickmühle war, steckte oder kurz davor ist. Ich möchte warnen und aufzeigen, was alles passieren kann, welche Langzeitschäden die Folgen sein können und wie belastend es für euer Umfeld ist. Ich habe keine Mission, möchte keinen Menschen zur Besinnung rufen. Mir reicht es, wenn ich auch nur einem Menschen damit helfen kann.

Mir hat das Buch einer bekannten Influencerin geholfen, umzudenken. Ich bin so dankbar dafür, dass auch sie diesen Schritt gewagt hat und offen über ihr Leben spricht. Aber nicht nur das. Es waren mehrere Faktoren, die mich endlich wachgerüttelt haben. Vor allem mein großer Wunsch Mama zu werden.

Ich werde euch in den nächsten Minuten und Stunden in meine Vergangenheit und in die Welt meiner Gedanken mitnehmen.

Haupttteil:

Ich hatte eine wunderschöne Kindheit. Mir fehlte es an nichts. Aufgewachsen in einem behüteten Elternhaus in der Nähe von Stuttgart. Mein Papa hat hart und viel gearbeitet, sodass ich nur am Wochenende etwas von ihm hatte.

Meine Mama hat sich rundum die Uhr um mich gekümmert und mich herzlichst umsorgt.

Als ich fünf Jahre alt war mussten wir aus beruflichen Gründen meines Vaters in die Nähe von Offenbach am Main ziehen. Dies hieß Abschied nehmen von allen Freunden und Bekannten in meinem bisherigen Umfeld. Ich kann mich noch genau an den Vorabend des Umzuges erinnern, wie der Vater meiner damalig besten Freundin mich an ihr Hochbett trug und ich ihr im Schlaf noch einen letzten Kuss auf die Wange gab.

Aber wie Kinder so sind, hatte ich glücklicherweise in meiner neuen Umgebung keine Probleme, Anschluss zu finden. Ich freundete mich mit den Kindern der Nachbarschaft an. Noch heute besteht teilweise Kontakt mit ihnen, ganz besonders zu meiner schottischen Freundin.

So ging ich in den Kindergarten und in die Grundschule im Ort und hatte eine sorgenfreie Kindheit und Jugend.

Alle meine Freunde hatten damals Geschwister. Ich wollte auch immer ein Geschwisterchen haben, aber sogar eine Hormonbehandlung bei meiner Mama half nicht.

Ich erinnere mich an den einen Abend, als meine Mutter plötzlich heftige Bauchschmerzen bekam. Mein Vater brachte mich direkt zu meiner besten Freundin und fuhr mit meiner Mama ins Krankenhaus. Jahre später erfuhr ich, dass meine Mutter die Hormone nicht vertragen und deswegen diese starken Schmerzen hatte. Meine Eltern einigten sich darauf, die Hormontherapie abzubrechen und es dem Schicksal zu überlassen, ob ich Einzelkind bleibe oder nicht. Immerhin hatten sie damals ein (noch) gesundes Kind, mich.

Nach der vierten Klasse besuchte ich eine Privatschule in Frankfurt. Täglich fuhr ein privat organisierter Bus und holte mich im Nachbardorf ab. Ich muss sagen, dass ich in dieser Schule viel fürs weitere Leben mitnehmen konnte. Gerade Anstand und Höflichkeit waren dort höchste Priorität. Jedoch war das Niveau der schulischen Leistung sehr hoch. Ich habe sehr viel lernen müssen, saß stundenlang an den Hausaufgaben oder lernte für Arbeiten. Freizeit hatte ich kaum noch.

Meine Eltern boten mir jedes Jahr an, dass ich auf eine örtliche Schule gehen könne, wenn mir der Druck und der Lernstress zu viel werden würde, aber ich lehnte jedes Mal ab. Ich wollte meine Freunde nicht verlieren. So lernte ich stundenlang. Auch am Wochenende verbrachte ich die meiste Zeit am Schreibtisch. Leider hatte ich trotz des vielen Lernens und meiner Disziplin lediglich durchschnittliche Noten. In Mathe sogar eine Fünf. Ich konnte so viel lernen, wie ich wollte – der Anspruch war einfach zu hoch. Auch eine Nachhilfe brachte nicht die erwünschten Erfolge.

Mit zwölf Jahren begann ich dann das Fußballspielen. Ich hatte zweimal wöchentlich Training und am Wochenende meistens ein Spiel. Es bereitete mir sehr viel Spaß. Meine Eltern begleiteten mich jedes Mal und unterstützten mich, wo sie nur konnten. Durch den Sport lernte ich mich durchzusetzen und Willenskraft zu zeigen. Davon konnte ich rückblickend in meinem bisherigen Leben sehr viel profitieren.

Durch das viele Lernen und meinen Fußball hatte ich Aber auch kaum noch Kontakt zu Kindern/Jugendlichen aus meinem Ort. Ich hatte jedoch noch meine beste Freundin und Nachbarin, mit der ich mich ab und zu am Wochenende traf. Mein ganzes Leben spielte sich jedoch mindestens 30 km entfernt von meinem Wohnhaus ab, was als Teenie nicht ganz einfach war. Ihr kennt sicher die Bahn und Busverbindungen in dörflichen Gegenden. So mussten und wollten meine Eltern oft Taxi spielen, um mich von „A" nach „B" zu kutschieren.

Als ich sechzehn Jahre alt wurde, beschloss ich gemeinsam mit meiner guten, damals besten Freundin, die Schule nach der zehnten Klasse zu verlassen und auf eine Schule im Nachbarort zu gehen. Sie wohnte drei Orte weiter und so war es auch für sie ein viel kürzerer Anfahrtsweg.

Ich muss sagen, es war damals wie im Paradies. Keine strengen Regeln, viel mehr Freizeit und meine Noten verbesserten sich in jedem Fach um mindestens zwei Noten. Ich konnte es kaum fassen, als ich die erste Arbeit mit einer Eins in der Hand hielt. Ich schaute erst mal oben auf den Namen, um zu schauen, ob es auch wirklich meine Arbeit war. Und es dauerte nicht lange, bis ich zu den Besten im Jahrgang zählte. ICH, die noch ein paar Monate zuvor nur Vieren und Fünfen schrieb.

Ich war auf einmal jedes Wochenende „on Tour" und hatte einen tollen Freundeskreis.

Meinen Fußball spielte ich zu diesem Zeitpunkt auch noch und mir ging es rundum super. Ich meldete mich in einem Fitnessstudio an und besuchte es zusammen mit einer Freundin öfter.

Ich hatte auch bis zu diesem Zeitpunkt keine Probleme mit meinem Körper. Ich benutzte keine Waage, sodass ich nicht mal sagen kann, was ich wog. Ich aß, was mir schmeckte und machte mir nie einen Kopf darüber, was wie viele Kilokalorien hatte. Ich hatte immer einen sportlich trainierten Körper und nie zu viel oder zu wenig auf den Rippen. Zwar hatte ich seit klein auf eine Laktoseintoleranz und mied einige Milchprodukte, lebte aber auch mit den Folgen, wenn ich mal Lust auf ein Eis hatte.

Jetzt kommen wir zu dem Punkt, der mir sehr schwerfällt. Ich kann mich tatsächlich nicht mehr genau daran erinnern, wieso und weshalb ich auf einmal von heute auf morgen anfing, Kalorien zu zählen und auf meine Figur zu achten.

Ich war zwar schon immer ein sehr strukturierter und perfektionistischer Mensch, aber bislang nie in Bezug auf meinen Körper.

Aber es fruchtete. Ich hatte meinen Körper im Griff. Ich erlaubte mir täglich nur 1000 Kcal, aß nur noch Knäckebrot, Light Produkte, etwas Obst und Joghurt. Nach ein paar Wochen fingen die Hosen an zu rutschen und an mehr kann ich mich nicht mehr erinnern. Es ist wie ausgelöscht. Ich weiß nur noch, dass es alles rasend schnell ging und ich es nicht mehr aufhalten konnte. Mir war das damals alles gar nicht bewusst, was ich da mit mir und meinem Körper machte. Ich hatte auch nie das Gefühl, dass ich zu dick war oder eine Diät machen müsste. Er war auf einmal da. Dieser Gedanke. Dieses zweite böse Ich, dass mir nur noch 1000 Kcal am Tag erlaubte.

Meine Mutter setzte sofort alle Hebel in Bewegung und stellte mich einer Ärztin vor, die mich ab sofort immer wöchentlich wog. Ich verstand das alles nicht. Ich? Magersüchtig? Niemals.

Meine Mutter war am Boden zerstört.

Ihre Sorgen waren immens hoch.

Nun fingen die endlosen Diskussionen am Tisch an. „Laura iss bitte mehr", „Laura, warum isst du deinen Teller nicht leer" und so weiter. Das Verhältnis zu meiner geliebten Mama wurde enorm auf die Probe gestellt. Sie wollte nur das

Beste für mich und ging jeden Tag das Risiko ein, mit mir eine Diskussion anzufangen.

Der Rest meiner Familie, Freunde und Bekannte hatten dies noch gar nicht für schlimm empfunden. Meine Mutter wusste jedoch auf Anhieb, dass etwas nicht stimmte.

Es vergingen ein paar Wochen und es kam zu einem klärenden Gespräch bei der Ärztin. Sie teilte mir mit, dass ich unter diesen Umständen auf keinen Fall Sport als Leistungskurs in der Schule wählen könne. Es war aber mein absoluter Wunsch. Also fing ich mich vorerst, begann wieder etwas mehr zu essen und bekam dann rasch die Bescheinigung von meinem Hausarzt, dass ich „gesund" sei.

In der Zeit lernte ich auch meinen ersten richtigen festen Freund kennen. Klar hatte ich vorher immer mal kleine Techtelmechtel, aber nichts Ernstes. Wir waren dann nach ein paar Dates offiziell zusammen. Das Thema Magersucht war nie ein großes Thema zwischen uns.

Mit der Zeit rutschte ich dann aber doch wieder mehr in die große Falle. Das böse Ich, der böse Teil der Laura kam wieder öfter zur Sprache. Ich fing wieder damit an, einige Lebensmittel von der Liste zu streichen. In Kürze purzelten dann auch wieder die Kilos und plötzlich wurde alles anders. Ich meldete mich beim Fußball ab und machte meinen Sport vermehrt im Fitnessstudio.

Fuhr nun entweder direkt nach der Schule dort hin oder besuchte am Wochenende mit meiner Freundin einen Fitnesskurs. Dass es mit mir so bergab ging, bemerkte auch zu diesem Zeitpunkt wieder nur meine Mutter. Mein damaliger Freund bemerkte zwar mein Essverhalten, hat aber auch nie groß was dazu gesagt. Es war auch nie wirklich ein Thema zwischen uns.

Ich bemerkte jedoch, wie ich zunehmend schwächer wurde. Es war auf einmal alles so unheimlich anstrengend. Trotzdem zog ich gnadenlos mein Abitur durch und schloss meine Schullaufbahn mit einer Durchschnittsnote von 1,5 ab. Meine Eltern waren unheimlich stolz auf mich, aber die Sorge um mich war größer. Wie schaffte ich das bloß? Und wie lange hielt ich das alles noch durch?

Ich muss sagen, es passierte so viel in dieser Zeit, aber ich kann nicht mehr sagen, wie und was zuerst passierte. Mein damaliger Freund, der einen Schuljahrgang über mir seinen Abschluss gemacht hatte und zwischenzeitlich seinen Zivildienst absolvierte, verließ pünktlich zu meinem Abitur Deutschland. Für sein Studium ging er nach Neuseeland. Quasi ans Ende der Welt. Ich fühlte mich, als sei eine Bombe eingeschlagen. Ich heulte wie ein Schlosshund und konnte all dies nicht fassen. Wir nahmen uns zwar vor, uns täglich zu schreiben und zu skypen, aber leider ging die Beziehung in die Brüche. Fernbeziehung hin oder her – keine Beziehung hält aus meiner Sicht so etwas auf Dauer aus. Hinzu kam noch, dass meine langjährige Nachbarfreundin wieder nach Schottland zog. Ich kann mich genau an den Moment am Flughafen erinnern, als wir sie verabschiedeten. Sie fehlt mir - bis heute - noch sehr.

Ich kam nicht darum herum, zu einer Psychologin zu gehen und dort meine ersten Therapiestunden zu absolvieren. Ich kann mich noch genau an dieses kleine dunkle Zimmer erinnern, an die kleine alte Dame, der ich ab sofort alles anvertrauen sollte. Aber wir waren ja alle froh, dass ich überhaupt so schnell einen Therapieplatz bekommen hatte. Waren wir wirklich alle froh? Ich ganz sicher nicht. Ich sah auch zu diesem Zeitpunkt absolut keinen Handlungsbedarf. Ich? Magersüchtig? Was für ein Quatsch.

Mein Vater hatte bisher nie den Ernst der Lage gesehen. Stets stand er immer mehr auf meiner Seite. Er meinte, dies alles sei nur eine Phase. Doch nun wurde auch er zunehmend ernster. Er sprach mir ins Gewissen, ob ich wisse, was ich meinem Körper damit antue. Ich wollte aber nach wie vor von alldem nichts hören.

Mein Gewicht sank und sank weiter. Langsam machte sich die Mangelernährung auch auf meinem restlichen Körper bemerkbar. Meine Haare wurden immer dünner und ich hatte einen immensen Zahnfleischrückgang, der sogar chirurgisch behandelt werden musste. Ich wollte mir allerdings nicht eingestehen, dass dies von meiner restriktiven Essensweise kam. Ich kapselte mich von meiner Umwelt mehr und mehr ab und im Gegenzug diese auch von mir. Ich hatte keine Kraft mehr, abends wegzugehen, schon gar nicht auf Feiern und Alkohol zu trinken. Erstens hatte Alkohol enorm viel Kalorien, welche ich mir aus meinem damaligen Selbstbild absolut nicht leisten konnte und zweitens wollte ich morgens auch wieder fit für meinen Sport sein.

So verbrachte ich die Abende allein daheim oder mit meinen Eltern und ging oft früh schlafen.

Nach meinem Abitur war es mein Wunsch Physiotherapeutin zu werden. Mein Abiturschnitt war sehr gut, sodass ich mich dafür entschied, diesen Beruf zu studieren. Zu dem damaligen Zeitpunkt war dies allerdings nur privat möglich. Außerdem sollte das Studium nur circa zwei Monate nach meinem Abiturabschluss starten. Ich entschloss mich daher ein Jahr zu warten, um mich gesundheitlich zu erholen.

Ich saß aber natürlich nicht auf der faulen Haut. In dieser Zeit konnte ich erste Erfahrungen in mehreren Praktika bei verschiedenen Physiotherapiepraxen sammeln. Zudem musste ich das 100-stündige Praktikum in einem ortsansässigen Krankenhaus absolvieren. Das war Pflicht zum Start des Studiums. Nebenbei jobbte ich in einem Eiscafé, später dann am Empfang einer Physiotherapiepraxis.

Weiterhin fokussierte ich mich auf meinen Fitnesssport. Er wurde mir immer wichtiger und ich betrieb ihn immer exzessiver.

In dieser Zeit wurde ich nicht schwerer, erholte mich nicht, sondern wog sogar immer weniger.

Ich war die ganze Zeit in psychologischer Betreuung, wechselte auch die Praxen und ging zu Ernährungsberatern. Anfangs wurde mir nahegelegt, eine stationäre Therapie zu machen. Das lehnte ich aber vehement ab. Ich wollte unbedingt in meinem gewohnten Umfeld bleiben.

So ging dieses Jahr rasch vorbei. Das Jahr, das ich eigentlich nutzen wollte, um gesund zu werden.

Mein Studium startete ich schließlich im 70 Kilometer entfernten Idstein. Ich war motiviert und hatte Lust auf einen Neustart. Neue Leute, neue Chancen und keine Vorurteile.

Um nach Idstein zu kommen, hieß es nun, früh aufzustehen. Tagsüber dann aufmerksam dem Unterricht zu folgen und abends zur besten Feierabendzeit wieder nach Hause fahren. Ihr könnt Euch nicht vorstellen, wie oft ich heulend im Auto saß und geflucht habe. Ich wollte heim, ich musste noch tausend Sachen nacharbeiten, lernen und zudem noch Essen. Ich hatte meine festen Essenszeiten und es war eine Tragödie, wenn ich diese nicht einhalten konnte. Ich erlaubte mir auch nur drei Mal am Tag etwas zu essen. Zwischenmahlzeiten waren ein absolutes No-Go. Sicherlich wäre es - im Nachhinein betrachtet - einfacher gewesen, irgendeinen Riegel während der Autofahrt zu essen. Oder später eine weitere Speise einzunehmen. Aber wieso einfach, wenn's auch kompliziert geht?

Das Studium war brutal hart. Der Stoff enorm viel und ausführlich. Ich will mich nicht zu weit aus dem Fenster lehnen, aber in manchen Dingen wirklich 1:1 vergleichbar mit einem Medizinstudium.

Aber es machte mir dennoch Spaß und die Leute waren toll.

Im Sommer 2012 waren wir zu einer Geburtstagsfeier einer Kommilitonin eingeladen. Wir haben gefeiert, gelacht und viele Bilder gemacht, welche wir natürlich direkt auf den Social-Media Plattformen gepostet haben. Am nächsten Tag hatten wir einige Likes auf die Bilder, unter anderem von einem Tobias. Ich kannte ihn nicht, aber eine Kommilitonin. Ich klickte auf sein Profil, schaute mir die Bilder an und dachte mir...wooow...okay..nicht schlecht...Wie komme ich jetzt mit ihm in Kontakt?

Ohne lange nachzudenken, schickte ich ihm eine Freundschaftsanfrage. Es dauerte keine Stunde, da bestätigte er unsere virtuelle Freundschaft und so kamen wir ins Gespräch. Er war mir von Anfang an sympathisch und so kam es zum ersten Treffen. Wir verstanden uns prächtig und unterhielten uns super. In den darauffolgenden Wochen sahen wir uns sehr häufig, obwohl er aus der Nähe von Mainz und ich aus der Nähe von Offenbach kam.

Irgendwann war für mich schnell klar: Wir zwei waren füreinander bestimmt und vier Wochen später saßen wir schon im Flieger nach Mallorca; unserem ersten gemeinsamen Urlaub. Wir hatten von unseren sieben Tagen exakt fünf Tage Regen. Damals. Auf Mallorca, im August. Wir verstanden uns großartig und der Weg für unsere gemeinsame Zukunft war geebnet.

Natürlich sah Tobi vom ersten Moment an, dass ich sehr, sehr dünn war. Er sprach mich auch sofort darauf an und ich erzählte ihm von der Magersucht. Er machte mir von Anfang an klar, dass er mich viel zu dünn finde und hoffe, dass ich schleunigst zunehme. Noch heute sagt er immer, dass er sich in mein Lächeln und meinen Humor verliebt hat - nicht in meinem dürren Körper.

Ich beteuerte ihm, dass ich auf jeden Fall am Zunehmen und auf einem guten Weg bin (Ihr glaubt nicht, wie oft ich diesen Satz schon gesagt habe und wirklich dachte: ich bin auf einem guten Weg...).

So vergingen zunächst Jahre des Pendelns zwischen seiner Heimat und meiner. In dieser Zeit machte ich auch eine weitere Psychotherapie, wöchentlich, bei einer lieben Frau, die mir auch immer wieder gut zusprach und mir viele Tipps gab. Meine Magersucht war jedoch trotzdem noch lang nicht besiegt.

Im Sinne meines Physiotherapie-Studiums mussten wir diverse Praktika absolvieren. So kam es, dass ich in einem Semester eine Stelle in einer Praxis bekam, die in Tobi's Heimatort ansässig war. Wir entschieden uns dazu, unsere Beziehung auf folgende Probe zu stellen. Ich zog für den Zeitraum des dreimonatigen Praktikums in die WG, in der Tobi mit seinem Bruder wohnte. Mein erster Gedanke war allerdings: Was mache ich mit meinem Sport? Trete ich dort einem Fitnessstudio bei? So kam es, dass ich mir einen gebrauchten Crosstrainer und ein paar Hanteln organisierte und im Keller der Familie früh am Morgen meinen Sport absolvierte.

Ich muss sagen, dass das Zusammenwohnen mit Tobi super funktioniert hat und es keine Reibereien gab (außer vielleicht, dass ich es sehr sauber haben wollte und die Jungs es eher als nicht so wichtig ansahen...). Einem künftigen Zusammenleben stand von unseren beiden Seiten nichts entgegen.

So vergingen die Tage, Wochen und Monate. Schon im Frühjahr 2015 wartete mein Examen mit Bachelorarbeit auf mich. Ich war am Rande eines Nervenzusammenbruches. Ich habe nur noch gelernt, geschlafen, gegessen, getrunken und – natürlich – Sport gemacht. Ich stand mitten in der Nacht auf, um mich sportlich zu betätigen. Nutzte jede Gelegenheit, um meine Lernkarten und Lernbücher mitzunehmen und so natürlich auch ins Fitnessstudio. In der Zeit kaufte ich mir auch für daheim einen Crosstrainer. So konnte ich zu jeder Tageszeit Sport treiben und währenddessen meine Lernkarten büffeln. Es heißt, dass beim Sport die Aufnahmefähigkeit des Gehirns super ist. Diese Erkenntnis passte mir natürlich super in den Kram.

Es gab für mich keinen Tag Pause. Weder vom Lernen - noch vom Sport. Meine Eltern und Tobias versuchten mich immer etwas abzulenken. Dies funktionierte jedoch nur sehr, sehr selten und eher bedingt. Meine Laune war kaum auszuhalten und ich war ohnehin bei dem Thema beratungsresistent. Aber zugegeben – ich konnte mich auch selbst nicht mehr jammern hören. Die Belastung zu dieser Zeit war enorm.

Alle in meiner Familie fieberten bei jeder einzelnen Prüfung mit und drückten mir fest die Daumen und so hielt ich im August 2015 endlich mein Zeugnis zur staatlich anerkannten Physiotherapeutin in der Hand. Ich war so stolz und erleichtert. Ich weiß im Nachhinein absolut nicht mehr, wie ich all das geschafft habe und vor allem mit der Konstitution, die sich in all den Jahren nicht verbesserte.

Während meiner Bachelorarbeit kam ich in Kontakt mit einer Physiotherapiepraxis ein paar Orte weiter. Die Chefin war von meinem Elan und meinem Tun total begeistert und fragte mich noch vor meinem bestandenen Examen, ob ich bei ihr arbeiten wolle. Sie war mir sehr sympathisch und die Praxis gefiel mir außerordentlich. Ihre Gehaltsvorstellungen eher weniger.

Es ist bekannt, dass Physiotherapeuten einen eher sehr geringen Lohn bekommen, doch wurden wir während unseres Studiums immer wieder darauf hingewiesen, dass studierende Physiotherapeuten sich nicht mit weniger Gehalt abspeisen lassen sollten. Nach längerem Überlegen und Rücksprache mit Dozenten und meiner Familie packte ich meinen Mut und sagte ihr, dass ich mir hinsichtlich der Höhe des Gehalts etwas anders vorgestellt habe. Es ging wirklich nicht um viel Geld, aber ich wollte mich mit so wenig Gehalt nicht abspeisen lassen. Ich ließ mich aber auf ihre Vorstellungen ein und entschied mich dafür, meinen Start dort zu wagen.

Ein paar Tage später erhielt ich den von ihr unterzeichneten Arbeitsvertrag. Gerade als ich drauf und dran war, diesen unterschrieben zurückzusenden, bekam ich einen Anruf von der künftigen Chefin:

„Ja, Laura, nach vielen Überlegungen bin ich zu der Entscheidung gekommen, dass ich glaube, dass du doch nicht so gut in unser Team passt." BUFF...der Schock saß tief.

Ich versuchte in dem Moment noch am Telefon zu retten, was zu retten war, aber der Schuss ging nach hinten los. Ich war am Boden zerstört. Wie konnte sie MICH einfach so abweisen? MICH, die so viel gelernt und sich gute Noten erarbeitet hatte? MICH, die so perfektionistisch und vertrauensvoll war?

Ich schämte mich innerlich. Ich dachte, meine Berufslaufbahn würde enden, bevor sie überhaupt begann.

Aber dann kam der Moment, in dem der Satz „Wenn sich eine Türe schließt, öffnet sich eine andere" echt super passte.

Ich rief eine Praxis einen Ort weiter an, bei der ich früher sogar selbst schon in Behandlung war und als Schulkind dort ein Ferienpraktikum absolviert hatte. Die Chefin konnte sich noch an mich erinnern und wie es sein sollte teilte sie mir mit, dass sie zufällig auch eine neue Physiotherapeutin suche.

Einen Tag später saß ich bei ihr in der Praxis und unterzeichnete meinen Arbeitsvertrag. Ich sollte sogar die

Leitung ihrer Praxisfiliale übernehmen. In diesem Moment glaubte ich zum ersten Mal an den oben besagten Spruch.

Ich hatte großartige Kollegen und kam mit allen soweit gut aus. Klar, es gibt immer Kollegen, mit denen man besser klarkommt als mit anderen, aber ich denke dies ist überall so.

Nun war mein beruflicher Werdegang ins Rollen gekommen.

Mein Freund Tobi und ich zogen im selben Jahr sogar in unsere erste gemeinsame Wohnung. Da dies schon Monate vorher geplant war, waren wir bestens darauf vorbereitet (wie kann es bei mir auch anders sein...).

Ich bunkerte schon unsere ersten gekauften Errungenschaften in dem Keller meiner Eltern. Er wurde zusehends voller. Da ich vorher immer bei meinen Eltern gewohnt habe und Tobi auch aus seiner WG mit seinem Bruder auszog, kauften wir uns nahezu alles neu.

Monatelang stöberten wir in Möbelhäusern und kreierten auf diese Weise unser perfektes Zuhause. Ich weiß noch ganz genau, dass es in der ersten Nacht in der neuen Wohnung einen riesigen Schlag gab. Tobi und ich rannten hochgeschrocken in den Flur und sahen unseren Wandspiegel in 1000 Teilen auf dem Boden liegen. Tja...vermeintlich bringen ja Scherben Glück...aber auch nicht immer und in jeder Hinsicht...

In der ersten Zeit pendelte Tobi jeden Tag zur Arbeit nach Mainz, bis er sich kurz darauf nach Offenbach versetzen ließ. Das war für ihn ein weiterer Schritt weg von seiner Heimat. Er hat es aber für mich gern getan. Dafür bin ich ihm auch heute noch sehr dankbar.

Im Laufe unserer Beziehung sprachen wir immer mal wieder über unsere Zukunft. Wir hatten zum Glück dieselben Vorstellungen. Heirat und Kinder kriegen - das war ganz klar.

So kam es im Juni 2016 schließlich zu unserer Verlobung. Ich kann mich noch genau an den Tag erinnern, als er mir über den Dächern von Frankfurt den Heiratsantrag machte. Ich war so glücklich und habe, ohne zu zögern, JA gesagt. Nun gingen die Hochzeitspläne los. Es war eine aufregende Zeit bis zur Hochzeit und die Zeit raste. Ohne zu überlegen, fragte ich meine langjährige schottische Freundin, ob sie meine Trauzeugin werden wollte. Sie war ganz aus dem Häuschen und freute sich für mich mit. Sie organisierte im April 2017 einen ganz großartigen Junggesellenabschied für mich, an den ich mich immer wieder gerne zurückerinnere. Kaum zu fassen, aber wahr - sie kam dafür sogar für ein paar Tage nach Deutschland. Ich war so glücklich, sie endlich wieder zu sehen und sie zu umarmen.

Seit der Verlobung setzte ich die Pille ab, da es hieß, dass es bis zu mehreren Monaten dauern kann, bis sich die Periode wieder von allein reguliert. Ich bekam meine Periode fast nie, seitdem ich an der Magersucht erkrankt war.

Sie kam immer unregelmäßiger bis überhaupt nicht mehr.

Nun war diese aber essenziell, um Kinder zu bekommen. Meine Frauenärztin meinte, ich solle mal abwarten - vielleicht reguliert sich dies nach dem Absetzen der Pille. Pustekuchen - es kam monatelang nichts. Ich versuchte natürlich trotzdem irgendwie schwanger zu werden und maß Fieber und tat, aus meiner Sicht „alles dafür", um irgendwie einen Zyklus zu bekommen.

Nach einer Zeit empfahl mir meine Ärztin Hormone, aber auch da passierte nichts. Nach einem Gespräch gab sie mir den Tipp, ich solle doch ein Kinderwunschzentrum aufsuchen. Sie könnten uns bestimmt weiterhelfen.

Gesagt getan - ich rief dort an. Die Dame am Telefon fragte mich als Erstes, ob ich verheiratet sei. Dies ist in manchen Kinderwunschzentren Pflicht. Ich sagte, dass wir bald heiraten würden und so vereinbarten wir für August 2017 einen Termin.

So war das Thema für mich erst einmal aufgeschoben und ich konnte mich voll und ganz auf unsere Hochzeit im Juni konzentrieren.

Es war ein unvergesslicher Tag. Es passte alles. Das Wetter, das Ambiente, die Menschen. Ich werde diesen Tag nie vergessen.

Natürlich veränderte sich, außer einer Menge Gänge zu den Ämtern, nicht viel. Aber ich war wie immer gut organisiert und hatte schnell alle neuen Papiere beisammen.

Ein paar Tage später traten wir dann unsere Flitterwochen an. Ziel: Kreta. Es war ein unfassbar toller Urlaub und wir lernten super liebe Menschen kennen. Ehrlich gesagt schwirrte mir trotzdem die ganze Zeit der Termin im Kinderwunschzentrum im Kopf herum. Überall im Ferienort waren Kinder. So eiferte ich dem August Termin entgegen.

Ein paar meiner Freundinnen hatten schon Kinder und ich wünschte es mir so sehnlichst. Ich freute mich immer für sie, aber es machte natürlich auch ein wenig traurig. Wieso ich nicht? Wieso funktioniert das nicht?

Ja, es klappte nicht, weil ich einfach zu dünn war. Mein Körper hatte einfach keine Kraft. Keine Kraft ein Kind auszutragen, geschweige denn, eines zu produzieren. Mein Körper war ja Non-Stop damit beschäftigt, mich am Leben zu erhalten. Mein exzessiver Sport, den ich natürlich auch im Urlaub ausführte, machte es natürlich nicht besser.

Nach ewigem Warten war es dann endlich soweit und der Termin im Kinderwunschzentrum stand an. Mein Mann begleitete mich. Er ist bei solchen Dingen der Ruhepol, was mir schon in vielen Situationen zugutekam.

Als der Arzt dann „Eheleute D." aufrief, sprang ich in die Höhe und ein sympathischer Arzt, mittleren Alters, schüttelte uns die Hand und bat uns in seinen Raum.

Nach den üblichen Fragen erklärte er mir das Prozedere der Hormontherapie und beteuerte mir großspurig, ich wäre im Dezember schwanger. Meine Augen strahlten vor Glück.

Der nächste Gang war zur ortsansässigen Apotheke, um mir meine Portion Hormone in Form von Spritzen abzuholen. Die nächsten Wochen musste ich mich also jeden Morgen in den Bauch spritzen und regelmäßig zur Kontrolle ins Kinderwunschzentrum fahren. Dies war alles mit viel Stress verbunden. Arbeiten, Arzttermine, Sport, Haushalt und und und...aber nun gut, ich wollte es so.

Beim nächsten Ultraschall, ein paar Tage später, sagte er mir, es würde schon sehr gut aussehen, ich solle noch zwei Tage spritzen und dann zur Kontrolle wiederkommen.

Am nächsten Morgen stand ich mit fürchterlichen Bauchschmerzen auf. Ich konnte kaum einen Schritt machen, so weh tat es. Trotzdem zog ich mich vorsichtig an, ich wollte auf keinen Fall meinen Sport ausfallen lassen. Ich war schon vollkommen angezogen, ging aus der Tür und beim ersten Schritt auf der Treppe hatte ich so fürchterliche Schmerzen, dass ich umkehren musste.

Ich weckte meinen Mann und er wusste auch nicht so recht, was zu tun ist.

Mit meinen ganzen Lebensmittelunverträglichkeiten hatte ich ständig Bauchschmerzen, sodass wir es erst gar nicht den Hormonen zugeordnet haben.

Doch diesmal war der Bauchschmerz komplett anders. Ich rief meine Mutter an und wir fuhren ins Kinderwunschzentrum zur Notsprechstunde. Eine Ärztin machte einen Ultraschall und konnte kaum fassen was sie sah: Es waren sowohl links als auch rechts jeweils mehrere riesige Follikel, die dort gewachsen waren und gegen meine

Organe drückten. Sie verordnete mir absolute Bettruhe, Thrombosespritzen und einen vorzeitigen Abbruch der Therapie.

Trotz unfassbarer Schmerzen fragte ich, ob ich Sport machen könne. Die Ärztin guckte mich schräg an und befahl mir ausdrücklich, die Bettruhe einzuhalten.

Mir kamen die Tränen. Ich war fix und alle. Hatte heftigste Schmerzen, war traurig, dass wir die Therapie abbrechen mussten und ich keinen Sport machen durfte. Wie sollte ich das nur aushalten? Sofort kam mir der Gedanke, dass ich auf jeden Fall weniger essen müsse, sonst würde ich aufgehen wie ein „Hefekloß". Diese Bezeichnung gab ich mir oft für mein zukünftiges Ich. Im Nachhinein weiß ich natürlich, dass das nicht stimmte, aber die „böse" Laura, sagt das teilweise auch heute noch.

Zuhause angekommen musste ich mich erst einmal ausruhen. Meine Mama war sehr besorgt und ihr schossen die Tränen in die Augen. Sie war von Anfang an gegen eine solche Therapie gewesen und der Meinung, dass ich erst noch einige Kilos zunehmen müsse, um überhaupt ein Kind austragen zu können. Aber ich wusste natürlich wieder alles besser und wollte unbedingt Mama werden - komme was wolle.

Ein paar Wochen später saß ich wieder bei unserem Arzt und dieser verschrieb mir wieder Hormone, diesmal aber in geringerer Dosis.

Erneut spritze ich mich jeden Morgen und nach ein paar Ultraschalls waren die Follikel perfekt. Er erklärte mir das weitere Prozedere. Ich musste mir also an Tag X eine Auslösespritze setzen. Innerhalb von 24 Stunden käme es dann zu meinem Eisprung und wir müssten dann exakt in 24 Stunden Geschlechtsverkehr haben. Es war also ein „Sexdate" auf die Sekunde genau getimed.

Es war ein komisches Gefühl. Egal, ob man wollte oder nicht, ob es einem gerade passte oder nicht, man musste es tun. Wir vollzogen den Akt und hofften, dass es funktionieren würde.

Zwei Wochen später saßen wir aufgeregt bei unserem Arzt. Tobi nahm mir den Wind aus den Segeln und meinte, ich solle mich da jetzt nicht so rein steigern, immerhin war es der erste Versuch.

Ein paar Minuten später lag ich auf dem Stuhl und ließ einen weiteren Ultraschall über mich ergehen. Ich beobachtete den Arzt genau und versuchte seine Mimik und Gestik zu interpretieren. Auf einmal sagte er: „Frau D., Herzlichen Glückwunsch - Sie sind schwanger."

BITTE WAS?! ICH?! Ich konnte es nicht fassen. So einfach geht das? Jeder meinte, es würde ewig dauern, falls es überhaupt funktionieren würde. Er verschrieb mir noch ein Medikament. Das sollte dafür sorgen, dass das Kind auch „hält."

Ich rief sofort meine Mutter an. Sie konnte es kaum fassen, beteuerte aber zugleich ihre große Sorge um mich und meinen Körper. Das war mir in diesem Moment egal. Wir wurden Eltern. Ich war der glücklichste Mensch auf der Welt.

Ein paar Tage später musste ich nochmal in die Klinik zur Blutabnahme. Der „HCG-Wert" musste getestet werden, um eine Schwangerschaft nochmals zu bestätigen. Er war nach einem Telefongespräch mit dem Biologen vor Ort im Norm-Bereich und so war ich offiziell schwanger.

Mein Mann und ich waren uns einig, dass wir es noch niemandem sagen wollten. Die Gefahr eines Abgangs in den ersten drei Monaten war zu hoch. Ich fragte auch nochmal nach, ob ich Sport machen könne. Die Ärzte sagten mir, dass moderater Sport absolut okay wäre. Ich hielte mich daran und ließ von meinem exzessiven Joggen ab, bewegte mich leicht auf dem Crosstrainer und machte leichte Kraftübungen. Alles schien okay. Jedoch hatte ich von den Hormonen, die mir der Arzt zusätzlich verschrieb, enorme

Nebenwirkungen. Ich hatte am ganzen Körper starken Juckreiz. Meine Haut war schlimmer als zu Teenagerzeiten und die Haare fielen mir büschelweise aus. Ihr könnt euch nicht vorstellen, wie ich aussah. Blutig zerkratzte Arme, das Gesicht voller Pickel und büschelweise Haarverlust. Aber all das nahm ich gerne in Kauf, um endlich mein Baby in den Armen zu halten.

Als ich eines Morgens aufstand, um mich fertig fürs Fitnessstudio zu machen, ging ich kurz vorher noch auf die Toilette. Halb verschlafen wollte ich gerade die Klospülung betätigen als ich aufschrie. Die komplette Toilette war voller Blut.

Ich fing sofort an zu weinen und weckte meinen Mann. Dieser versuchte mich zu beruhigen und meinte, dass es sicherlich nur eine kleine Zwischenblutung sei, doch ich wusste genau, was es hieß. Ich hatte mein Kind verloren. 100%. Ich spürte, dass es so war.

Ich griff verheult zu meinem Handy, um die Öffnungszeiten des Kinderwunschzentrums zu googeln. 8:00 Uhr. Es war 4.45 Uhr. Wie sollte ich das so lange aushalten? Absolut von Sinnen schnappte ich mir meinen Autoschlüssel und fuhr zu meiner Mama, die nur fünf Minuten entfernt wohnte.

Ich klingelte Sturm und fiel ihr heulend in die Arme.

Sie versuchte mich zu beruhigen, aber es brachte nichts. Ich wusste, es ist vorbei.

Wir standen Punkt 8:00 Uhr vor der Klinik. Mir wurde Blut abgenommen und die Ärzte sagten, ich könne um 14:00 Uhr anrufen, um das Ergebnis zu erfahren. BITTE WAS? Noch sechs Stunden? Wie sollte ich das bloß aushalten?

Ich ließ mich für diesen Tag krankschreiben und blieb bei meiner Mama.

Ich kann mich genau noch an den Moment erinnern, als ich die Ziffern in mein Handy tippte.

Nach ein paar Mal Klingeln hob der Biologe ab und sagte mir, dass mein HCG-Wert leider enorm abgefallen ist und man leider davon ausgehen muss, dass die Schwangerschaft abgebrochen wurde.

Obwohl ich es genau wusste, schossen mir abermals die Tränen in die Augen. Der Verlust war so groß. Der Schmerz saß tief. Tobi kam und versuchte mich zu trösten. Obwohl er auch traurig war, zeigte er es nicht, sondern versuchte mich aufzumuntern. Sicherlich würde es beim nächsten Versuch besser klappen.

Ein paar Wochen später das gleiche Prozedere. Wir saßen wieder bei unserem Arzt und besprachen das weitere Vorgehen.

Wir versuchten den gleichen Vorgang nochmal, jedoch mussten wir vorzeitig abbrechen, da sich zu viele Follikel gebildet hatten und eine Mehrlingsschwangerschaft zu gefährlich erschien.

„Frau D., ich habe mich mit meinen Kollegen besprochen und wir sind der Meinung, dass es in ihrem Falle besser wäre, eine künstliche Befruchtung durchzuführen."

Puhhhh,..ich war wie von Sinnen. Vor ein paar Monaten hieß es noch, es geht alles ganz schnell und problemlos und jetzt sind wir schon bei einer künstlichen Befruchtung angelangt. Aber gut, wenn der Arzt das so empfiehlt, wird das wohl das Beste sein. Er erklärte uns das Verfahren und Vorgehen. Ich musste mich wieder jeden Morgen spritzen und Tobi sollte früh morgens am Tag X sein Sperma in einen Becher abfüllen und direkt mitbringen.

Ich weiß noch genau, wie wir gemeinsam im Auto saßen und ich den Becher in meiner Brusttasche verstaute. Er musste warmgehalten werden.

Keine Stunde später lag ich schon in einem Zimmer des Kinderwunschzentrums. Mit mir noch sechs andere Frauen, jeweils durch einen Vorhang voneinander getrennt.

Ich bekam eine Kanüle als Zugang am Arm gelegt und schon ging es auch los. Im OP-Saal empfing mich mein Arzt und zwei Schwestern. Sie redeten mir gut zu und gaben mir kurz darauf die Kurznarkose. Das Nächste, woran ich mich noch erinnere, ist, dass ich die Schwestern und den Arzt reden hörte und ein unangenehmes Gefühl und Gewühl im Unterleib spürte. Wie kann das sein? Träumte ich?

Nach gut einer Stunde konnte ich langsam wieder aufstehen. Ich war so froh, als ich Tobi wieder sah. Er wartete schon sehnsüchtig auf mich. Kurz darauf kam der Arzt zu mir und meinte:

„Frau D., Herr D., es tut uns leid ihnen mitteilen zu müssen, dass wir keine Eizellen entnehmen konnten."

Wie? Nicht entnommen? Ich hab' doch alles richtig und nach Anweisung gemacht. Wie kann das sein?

Mir schossen die Tränen in die Augen und ich konnte meine Emotionen nicht länger zurückhalten.

Er beteuerte mir, dass er sich das auch nicht erklären konnte.

Wir fuhren nach Hause und ich rief meine Mama an, die kurz darauf sofort vor unserer Tür stand, um mich zu trösten. Sie sah, wie fertig ich war und ihr kamen dabei auch die Tränen.

Eine halbe Stunde später klingelte mein Handy.

„Hallo Frau D., das Kinderwunschzentrum hier. Haben sie die Möglichkeit nochmal vorbeizukommen? Wir würden gerne morgen früh die Prozedur nochmal wiederholen und dafür bräuchten Sie das Rezept für die Spritze." Ich war total überrumpelt. Meine Mutter hielt nichts von der Idee, aber ich wollte nichts unversucht lassen. So fuhren Tobi und meine

Mutter nochmal die Strecke, um das Rezept abzuholen. Ich war zu schwach, ich konnte mich keinen Zentimeter mehr bewegen.

Nach einer Stunde kamen die beiden mit der besagten Spritze. Ich musste sie mir sofort setzen.

Mein Mann und ich verstanden das alles nicht. Uns gingen so viele Fragen durch den Kopf. Wieso hatte es nicht funktioniert? Wieso sollte es jetzt klappen?

Gesagt, getan. Am nächsten Morgen folgte das gleiche Prozedere. Tobi musste wohl oder übel nochmals sein Sperma in einen Becher füllen und wir fuhren wieder los. Diesmal wachte ich auch nicht während der OP auf und man verabschiedete uns mit: „Super wir konnten zehn Eizellen entnehmen, die nächsten fünf Tage entscheiden, ob es zur Befruchtung kommt."

Das hieß die nächsten Tage Bangen und Hoffen. Es musste einfach klappen. Ich wünschte mir so sehr Mutter zu werden.

Die nächsten Tage vergingen dank Arbeit und Ablenkung recht flott. Der Tag des Anrufes rückte näher. Wir starrten beide auf mein Handy und hofften, dass es bald klingeln würde. Wir trauten uns keinen Schritt von der Seite des Handys zu weichen, um den Anruf nicht zu verpassen.

Keine zwei Minuten später klingelte mein Handy. Mit zitternden Händen ging ich ran und hatte den Herrn aus der Biologie am Apparat.

„Frau D., ich muss ihnen leider mitteilen, dass es zu keiner Befruchtung kam."

Mir schossen sofort die Tränen in die Augen. Ich heulte mir den ganzen Abend die Seele aus dem Leib. Ich konnte einfach nicht mehr. Tobi versuchte mich zu trösten, aber ich war untröstlich. Wieso nur? Was haben wir getan, dass uns das Schicksal so etwas antut.

Was war unser Plan B? Adoption? Leihmutterschaft?

Ein Leben ohne Kind konnte ich mir einfach nicht vorstellen.

Nach einem Gespräch vor Ort einigten wir uns mit dem Arzt auf eine Pause, um mich von den ganzen Strapazen erholen zu können.

Mein Mann und ich nutzen die Zeit, um mich wieder aufzupäppeln. Ich sah schlimm aus. Hatte durch die ganzen Behandlungen, Sorgen und Medikamente weitere sechs Kilo abgenommen und sah aus wie eine Leiche. An mir war nichts mehr dran. Wenn ich heute die Bilder von damals sehe, muss ich weinen. Das Schlimme ist, dass ich mich damals gar nicht so gefühlt habe. Ich bin damals nicht mehr auf die Waage gestiegen. Nicht, um mich zu kontrollieren, ob ich weiter abnehme, sondern weil ich Angst vor der Zahl hatte, weiter zuzunehmen. Bekloppt - ich weiß.

Mein enges Umfeld machte sich riesige Sorgen. Ich aß zwar regelmäßig, wenn auch nicht gerade effektiv, aber machte noch extrem viel Sport. Ich kann euch nicht sagen, woher ich die ganze Energie nahm. Morgens früh aufstehen, zwei bis drei Stunden Sport machen, duschen auf die Arbeit, abends heimkommen, essen und sofort schlafen. Zwischendrin meinen Haushalt, aufräumen, putzen, waschen und einkaufen. Ich fiel abends um 20.30 Uhr völlig kaputt ins Bett. Verabredungen waren mit Freunden absolut nicht vorstellbar, immerhin „musste" ich am nächsten Tag wieder früh aufstehen.

Selbst am Wochenende hatte ich weder Lust noch Elan auf Verabredungen. Ich war einfach K.O.!

Hinzu kamen meine oft enorm auftretenden Magenschmerzen. Ich hatte im Laufe der Krankheit viele Lebensmittelallergien entwickelt, welche mir die Nahrungsaufnahme wahnsinnig erschwerten. Eine Laktoseintoleranz hatte ich schon als kleines Kind, aber hinzu kamen Probleme mit Gluten in jeglicher Art, weiterhin Lactose, Glutamat und Histamin.

Ich hatte nach jedem Essen heftigste Magenschmerzen, sodass eine Reihe von Untersuchungen gemacht werden mussten. Von Magenspiegelung über Darmspiegelung bis hin zum Darm- MRT.

Es stellte sich heraus, dass ich an einem Reizdarmsyndrom litt und zudem in einem Darmabschnitt eine Engstelle hatte, in der sich mein Essen immer wieder anstaute und nicht weitertransportiert werden konnte. Man verschrieb mir ein Medikament aus der Schweiz, das meine Beschwerden lindern sollte.

Ich hatte eine große Menge an Medikamenten einzunehmen. Zudem nahm ich auch schon seit ein paar Jahren eine niedrige Dosis eines Antidepressivums. Im Laufe der Zeit musste ich es erhöhen.

Als ich mich fitter fühlte, besprach ich mit meinem Hausarzt, dass ich versuche die Antidepressiva abzusetzen. Die darauffolgenden Wochen waren allerdings die Hölle.

Ich war mehrere Tage hintereinander schlaflos, war nicht müde und musste alle fünf Minuten literweise auf Toilette. Ich konnte mich nicht entspannen oder hinlegen, da ich ständig Urin ablassen musste. Dazu muss ich sagen, dass ich als kleines Kind schon immer häufig auf Toilette musste und ich auf unseren Urlauben nach Spanien mit dem Auto gefühlt jede Raststätten-Toilette kannte, aber so heftig war es noch nie.

Ich versuchte alles, nahm auch pflanzliche Mittel für die Nerven, ging zur Heilpraktikerin, zur Akupunktur, zum Urologen etc. - nichts half. In der Zeit schrieb mich mein Hausarzt auch krank, da ich zu nichts mehr in der Lage war.

Zu einem befreundeten Arzt hatten wir eine gute Beziehung. So bekam ich schnell einen Termin im Krankenhaus in der Abteilung für Endokrinologie. Dort sollte herausgefunden werden was mir fehlte.

Ich musste mich mehreren Tests unterziehen. Es dauerte zwei Tage. Doch auch hier kam man zu keinem Ergebnis. Das Ende vom Lied war, dass ich die Antidepressiva wieder nahm und es sich nach einer Weile wieder besserte. Ganz weg ging es nie. Wenn ich nachts nur vier Mal aufwachte und auf Toilette musste, war das schon sehr wenig.

In unserem Freundeskreis häuften sich nun die Nachricht „Wir werden Eltern". Das stimmte mich jedes Mal traurig. Ich freute mich zwar trotzdem sehr für meine Freundinnen, aber es war immer wieder ein Schlag ins Gesicht. Warum alle, nur nicht ich?

Mein Mann versuchte mich immer wieder aufzubauen und mich positiv zu stimmen, aber nichts konnte meine Traurigkeit bändigen. Es gab sogar Freundinnen, die mir von ihrer Schwangerschaft nichts erzählten. Doch irgendwann stieß ich auf den sozialen Netzwerken auf Babyfotos. Das tat meistens noch mehr weh und machte mich enorm depressiv.

Ich wollte nicht immer nur die tolle Tante Laura sein, sondern mein eigenes Baby in den Händen halten. Wir entschieden uns nach einer Weile, wieder einen Termin im Kinderwunschzentrum auszumachen. Diesmal kam ich zu einer jungen Ärztin. Sie war mir von Anfang an sehr sympathisch und kannte meine Vorgeschichte.

Wir versuchten auch mit ihr mehrere Zyklen Hormontherapie, aber es funktionierte leider nie. Als meine Ärztin erkrankte und ich zu ihrem Kollegen musste, war auch dieser sehr nett und übernahm mich als Patientin.

Doch dort herrschte ein anderer Wind. Er sagte mir klipp und klar, dass ich viel zu dünn sei und er mit mir keine Therapie machen würde. Allgemein hätte sich das im Haus herumgesprochen und man würde mich nicht therapieren, bis ich zunehme.

Ich war wie vom Blitz geschlagen. Hatte ich doch gerade wieder etwas zugenommen und war frohen Mutes. Heulend verließ ich das Behandlungszimmer und machte einen Termin für in drei Monaten aus. Ich war so wütend und traurig zugleich. Ich schwor mir, jetzt richtig Gas zu geben, um in drei Monaten beim Wiegen mehr Gewicht zu haben.

Ja, ich gab Gas, aber in meinem Tempo. Sport zu reduzieren war für mich ein absolutes No-Go. So zwang und traute ich mich an andere Lebensmittel heran, jedoch in sehr kleinen Mengen und Portionen.

Mein Mann und ich entschlossen uns zudem, einen Termin beim Jugendamt zu machen, um uns über eine Adoption zu informieren. Die Dame informierte uns über die unterschiedlichsten Arten der Adoption und beteuerte uns, dass so ein Verfahren über mehrere Jahre dauern könne. Selbst dann sei es aber nicht gegeben, dass es zu einer Adoption käme. Zudem sagte sie, dass ich verschiedene Atteste vorlegen müsse, die aussagen, dass ich gesundheitlich fähig war ein Kind großzuziehen. Wieso denn das?! Wird mir jetzt auch noch in dieser Situation ein Stein in den Weg gelegt?

Nachdem wir sagten, dass wir auch noch in einem Kinderwunschzentrum in Behandlung sind, sagte sie, dass wir erst wieder kommen sollten, wenn wir dort nicht mehr wären. Ein Parallelverfahren wäre nicht möglich.

„Frau D., Sie sind doch noch so jung. Machen sie sich keinen Stress."

Witzig. Vielen Dank. Diesen Satz hörte ich in Dauerschleife. Immer und überall. Ja, kann sein, aber ich werde auch nicht jünger und mein Wunsch vom Kinderkriegen wird durch so einen Spruch auch nicht gestillt.

Dieser Termin war auch wieder ein Satz mit X.

Drei Monate später saß ich wieder im Behandlungszimmer im Kinderwunschzentrum. Der junge Arzt setzte sich zu uns und bevor wir überhaupt zum Wiegen kamen, sagte er: „Also, ich habe nochmal Rücksprache mit meinen Kollegen gehalten und wir können Sie nicht weiter behandeln."

Moment, stopp! Ich hab' doch jetzt drei Monate Gas gegeben und man versprach mir doch, dass es weitergehen würde, wenn ich zunahm? Nachdem ich ihm das so sagte, meinte er, ich bräuchte locker noch 15 Kilo, bevor es weitergehen könne. Ich glaube in diesem Moment fiel mir die Kinnlade runter. 15 KILOGRAMM? Hat der 'n Schuss? Dann wäre ich ja fett. Ja, genau das habe ich in diesem Moment gedacht. Heulend und wütend zugleich verließ ich das Zimmer und fuhr geknickt nach Hause.

Wohin solle dies nur führen? Die Welt ist einfach gegen mich. Ich war so unglücklich. Ich konnte und wollte kein Kind mehr sehen.

Blöd war nur, dass ich gerade in dieser Zeit meine einjährige Zusatzausbildung zur Kinderphysiotherapeutin absolvierte. Dies bedeutete, dass ich mich mit enorm viel mit Kindern und deren Therapie beschäftigten musste. Es war schon immer mein Traum, schon lange vor meinem Kinderwunsch, als Therapeutin mit Kindern zu arbeiten. Wer konnte schon ahnen, dass ich jemals so Probleme mit dem eigenen Kinderkriegen bekam?

Nun gut, so hatte ich zu all dem psychischen Leid und Kummer und meiner gesundheitlichen Verfassung auch noch enorm viel Lernstress. Hinzu kam natürlich die Präsenzzeit vor Ort und nicht zu vergessen, die ganzen Hausarbeiten, die wir schreiben mussten.

Wir hatten im Jahr fünf Blöcke. Das bedeutete zwei Wochen am Stück Unterricht. Ich musste um 7.00 Uhr das Haus verlassen, um die Fortbildung in Mainz nach einer Stunde Fahrzeit pünktlich zu erreichen.

Sport im Fitnessstudio konnte ich in dieser Zeit knicken. Das hielt mich jedoch nicht vom Sport ab, da ich zu Hause ja einen Crosstrainer und genügend Equipment hatte. So stand ich jeden Tag um 3.30 Uhr auf, machte mein Sportprogramm (weil weniger Sport konnte ich mir ja auch nicht leisten), sprang unter die Dusche und flitzte aus dem Haus. Es standen täglich Minimum acht bis neun Stunden Unterricht an. Anschließend die anstrengende Heimfahrt mit Stau im Feierabendverkehr und natürlich einem enormen Hunger. Ich wurde extrem unleidlich und aggressiv, wenn ich Hunger hatte. Einen Zwischensnack genehmigte ich mir auch nicht, sondern beharrte immer noch auf meinen drei Mahlzeiten am Tag.

Bei der Zusatzausbildung aß ich auch nie vom Mittagstisch, sondern brachte mir immer mein eigenes Essen mit. Klar wurde ich vorerst schief angeschaut, aber ich machte kein Hehl aus meiner zurückliegenden Krankheit und verwies auf meine vielen Allergien.

Ich muss sagen, dass mich dort auch nie ein Essen angelächelt hat. Trotzdem war ich innerlich neidisch auf all die anderen, die so hemmungslos und genüsslich ohne Probleme und Sorgen essen konnten, was sie wollten. Tja aber die böse Laura war leider immer noch zu oft aktiv im Kopf.

Mein Mann und ich entschieden uns ein anderes Kinderwunschzentrum aufzusuchen, um unser Glück dort zu versuchen. Leider kam es vorerst nicht dazu.

Tobi flog im Herbst 2019 mit seinem Bruder und seinem Vater in den Urlaub nach Teneriffa. Wir hatten täglich Kontakt und schrieben uns viel.

Eines Morgens erhielt ich die Nachricht, dass sie eine Mountainbike-Tour gebucht und zum Abend zurück seien. Ich wünschte ihnen viel Spaß und machte mir weiter keine Gedanken.

Als ich am Abend jedoch immer noch nichts gehört hatte, versuchte ich Tobi anzurufen, aber er ging nicht ran. Auch nach mehreren Versuchen konnte ich ihn nicht erreichen.

Dann klingelte mein Handy. Ich nahm ab. Tobis Bruder war dran. Er sagte zu mir: „Laura, Tobi liegt gerade im OP." Im OP? Ich bekam einen riesigen Kloß im Hals und musste mich setzen. Er berichtete mir, dass Tobi einen Unfall mit dem Mountainbike gehabt habe und er schwer verletzt sei. Mehr wisse er auch noch nicht. Er schilderte mir zwar noch ein paar Details, welche ich jedoch hier nicht weiter ausführen möchte.

Ich war krank vor Sorge. Mein armer Schatz so weit von mir entfernt und ich kann ihm nicht beistehen. Ich rief sofort meine Eltern an und sie kamen auf direktem Weg zu mir.

Meine Mama fragte mich, ob wir beide hinfliegen sollten. Aber nach Rücksprache mit Tobis Bruder und dessen Vater, hatte das keinen Sinn gemacht. Er lag auf der Intensivstation und man durfte ihn nur immer nur kurz besuchen. Ich bin wirklich froh, dass die beiden in der schweren Phase so für Tobi da waren. Nachdem ich das erste Mal mit Tobi sprechen konnte, kamen uns die Tränen. Ich fragte ihn, ob ich kommen solle, aber er meinte ich sollte lieber daheim die Stellung halten und mich auf meine bevorstehenden Prüfungen konzentrieren. Natürlich hatte ich absolut keinen Kopf dafür, sondern musste pausenlos an Tobi denken. Ich hatte so große Angst um ihn. Als mir nach ein paar Tagen mein Schwiegervater ein Bild von Tobi im Rollstuhl schickte, war ich schockiert. Total abgemagert saß er da, wie ein Häufchen Elend und ich so weit weg von ihm.

Man wusste bis dato nicht, welche Folgeschäden er beibehält und auch nicht und ob er jemals Kinder zeugen könne.

Ich muss sagen, dass dieses Thema für mich in dieser Phase absolut in den Hintergrund gerutscht war. In erster Linie zählte seine Gesundheit und dass ich ihn endlich wieder in meine Arme nehmen konnte.

Ich war knapp drei Wochen allein hier in Deutschland, während er auf Teneriffa behandelt wurde und nach Hause fliegen konnte. Sein Vater rückte in dieser Zeit keine Sekunde von seiner Seite. Das beruhigte mich sehr.

Die nächsten Wochen waren schlimm. Tobi hatte höllische Schmerzen, konnte kaum laufen und musste jeden zweiten Tag zum Arzt. Zudem gingen seine Wunden immer wieder auf. Im November 2019 musste er sich dann einer Hauttransplantation unterziehen.

Es war einfach furchtbar, ihn dort liegen zu sehen und nichts machen zu können.

Dieses Ereignis schweißte uns als Ehepaar noch mehr zusammen.

Währenddessen schmiss ich allein den Haushalt, ging normal arbeiten, beendete erfolgreich meine Zusatzfortbildung als Kinderphysiotherapeutin und machte nach wie vor ohne Kompromisse Sport.

Tja, und dann kam Corona. Meine Routinen, meine gesamten Abläufe – alles wurde auf den Kopf gestellt.

Unabhängig von der schweren medizinischen Lage, die wirklich gravierend war und ist, uns alle enorm aus der Bahn warf, muss ich sagen, dass ich Glück hatte, dass ich nicht in Kurzarbeit geschickt wurde. Im Gegenteil. Wir hatten als Physiotherapeuten nach wie vor gut zu tun. Wenn ich daran denke, wie viel Menschen ihre Existenz verloren haben, wird mir ganz schlecht. Deswegen will ich betonen, dass ich hier jetzt auf hohem Niveau meckern werde. Für mich war es furchtbar schlimm, dass mein geliebtes Fitnessstudio schließen musste.

Nicht nur des Sportes wegen, sondern auch, weil ich dort sehr sehr gute Freundschaften geschlossen habe. Mir fehlen die Kontakte sehr. Meine morgendliche Routine, mein morgendlicher Rhythmus war hinüber. Wie sollte ich das jemals ohne Fitnessstudio aushalten? Ich war absolut kein Mensch, der gerne draußen joggte. Aber dann musste ich wohl in den sauren Apfel beißen.

So machte ich früh vor der Arbeit meinen Sport. Daheim, mit sämtlichen Hanteln und Bändern, ging anschließend auf den Crosstrainer und zwei bis drei Mal mittags oder abends mit meinem Mann zusätzlich noch joggen. Ihm ging es zum Glück wieder besser und ich genoss es mit ihm zusammen an der Luft zu sportln. Ich hatte absolut Gefallen am Joggen draußen und erprobte mich zusätzlich noch am Yoga und Pilates. Sogar mein altes Fahrrad holte ich aus der letzten Ecke unseres Kellers hervor und nahm statt des Autos öfter das Rad. Das Wetter war zum Glück im März/April schon herrlich und man konnte die Frühlingssonne sehr genießen.

Tobi und ich hatten uns im Frühjahr bei einem anderen Kinderwunschzentrum einen Infotermin geben lassen. Die Ärztin war sehr sympathisch und optimistisch.

Ich war jedoch mit optimistischen Ärzten mittlerweile sehr vorsichtig.

Sie untersuchte mich und stellte fest, dass ich eine sehr kleine Gebärmutter hatte. Das teilte mir zuvor niemand mit. Sie war dennoch der Meinung, man könnte mit einer anderen Art der Hormontherapie starten.

Sie verschrieb mir das nötige Rezept, sagte aber, ich solle es noch nicht holen. Sie würde sich mit Kollegen nochmal kurzschließen. Am nächsten Tag erhielt ich ihren Anruf, bei dem sie mir mitteilte, dass ihr Chef keine Möglichkeit sah, in meinem derzeitigen Gesundheitszustand die Therapie zu starten. Sie würde mir eine Pille verschreiben, welche ich drei Monate nehmen soll. Die Gebärmutter müsse wachsen und mein Hormonstatus solle sich verbessern.

Mir kamen wieder die Tränen. Nun ging alles wieder von vorne los. Hatte ich dazu noch Kraft? Wollte ich das alles noch? Diese Warterei, diese Qualen.... Aber, ja, mein Wunsch nach einem Kind war nach wie vor groß. Aber aus den drei Monaten Pille wurde nichts. Die Ärztin sah noch immer keine Chancen für mich. Im Gegenteil. Bei einem Telefongespräch sagte sie mir, so ganz nebenbei, dass sie glaube, ich könne selbst nie Kinder austragen. So, das hatte gesessen. Wie kann man so unsensibel sein? Ich war am Boden zerstört. Ich wollte und konnte nicht mehr. Ich war sogar schon so weit, dass ich absolut kein Baby mehr sehen konnte und wollte, weil der Schmerz so riesig groß war.

Der Schmerz wurde natürlich nicht besser, als ich erfuhr, dass weitere vier gute Freundinnen Mütter wurden. Nach wie vor freute ich mich wirklich sehr für sie, aber innerlich riss es bei mir immer wieder die unheimliche Sehnsucht nach einem eigenen Kind auf.

Von einer Patientin erfuhr ich, dass es in Hessen, circa 150 km von uns entfernt, eine tolle Organisation gäbe, die sich um die Adoption von Kindern kümmere. Nach ein paar Telefongesprächen vereinbarten wir einen Gesprächstermin.

Die Herren erzählten uns viel über das Verfahren und die Abläufe. Und so entschieden wir uns für eine Anmeldung. Es dauert mindestens ein Jahr. Dieses beinhaltet mehrere Gespräche vor Ort, Hausbesuche bei uns daheim und ein Wochenendseminar. Tobi war anfangs nicht 100% von der Idee überzeugt. Er war der Ansicht, wir seien noch jung genug und wir könnten noch einige Jahre warten. Er meinte, ich solle meinem Körper die nötige Zeit geben, um mich zu erholen und zu genesen. Dazu redete er immer wieder in mein Gewissen und appellierte an meinen Verstand was mein Essverhalten und meine Sportsucht betraf.

Mit der Zeit konnte sich Tobi immer besser mit dem Gedanken einer Adoption anfreunden und war positiv gestimmt. Er sah auch, dass es mir ohne Hormontherapie viel besser ging. So fuhren wir regelmäßig zu den Gesprächen. Diese waren sehr privat und ausführlich.

Man wies uns aber auch immer wieder darauf hin, dass es keine Garantie nach dem einjährigen Verfahren gäbe, ein Kind zu bekommen, schon gar nicht zeitnah.

Es war einfach alles so deprimierend. Wir wollten doch einfach nur tolle Eltern sein und einem Kind unsere Liebe und Geborgenheit schenken. Wir hatten Platz und die finanziellen Mittel einem Kind ein Zuhause zu schenken.

Währenddessen war Corona am Hochpunkt und die Fitnessstudios hatten immer noch zu.

Eines Tages kam ich vom Fahrradfahren heim und hatte komische Schmerzen am Bereich des Gesäßes. Ich machte mir aber keine weiteren Gedanken. In den letzten Jahren hatte ich immer wieder mal seltsame Schmerzen im Knie und im Fuß. Aber diese verschwanden auch nach einer Weile wieder.

So war ich diesmal auch der Meinung, dass es bestimmt nichts Schlimmes und in ein paar Tagen wieder besser sei. Pustekuchen. Es wurde nicht besser. Im Gegenteil, es wurde zunehmend schlimmer. Ich konnte kaum mehr schmerzfrei laufen. Ich war rasend, weil ich nun auch nicht mehr joggen konnte und bekam innerlich enorme Panik. Wie sollte ich das bloß alles aushalten ohne Sport? Ok, kein Sport war keine Variante. Ich musste ich meinen Sportplan einfach umstellen.

Die Schmerzen wurden immer schlimmer, sodass ich nicht drum herumkam, einen Orthopäden aufzusuchen. Natürlich war der nächste Termin erst nach vier Wochen möglich, sodass ich mich so lange mit den Schmerzen auseinandersetzen musste. Ich versuchte alle physiotherapeutischen Kenntnisse anzuwenden. Sogar meine Kollegen versuchten mich zu behandeln, aber es brachte alles nichts.

Nach vier Wochen saß ich bei der Orthopädin, die nach kurzer Untersuchung eine Schambeinentzündung vermutete und mir Schmerzmittel verschrieb. Ich sagte ihr, dass ich diese schon genommen habe, aber keine Besserung merke. So verschrieb sie mir Kortison, das ich über zwei Wochen nehmen sollte.

Aber auch nach diesen zwei Wochen merkte ich keine Besserung. Ich rief die Orthopädiepraxis erneut an und bat um eine Überweisung zum MRT.

Nun hieß es weitere Wochen warten, bis ich endlich einen Termin zur Untersuchung bekam.

Nachdem ich dann nach ewigem Warten (mit Maske versteht sich) endlich an die Reihe kam, legte ich mich auf die Untersuchungsbank. Die nette Dame bat mich darum, mich die nächsten 30 Minuten nicht zu bewegen. Mittlerweile war ich ja in jeglichen Untersuchungsarten erprobt. Ich kannte das Prozedere und lag still. Was blieb mir auch anderes übrig. Nach einer halben Stunde war ich fertig, bekam eine CD in die Hand gedrückt und die Dame am Empfang sagte:

„Frau D., die CD bringen sie bitte ihrer Orthopädin beim nächsten Termin mit. Die Ergebnisse schicken wir der Ärztin zu. Alles Weitere wird mit Ihnen dann besprochen."

Klasse. Wieder Warten. Aber ich kannte es ja auch nicht anders.

So fuhr ich anschließend direkt ins Ärztehaus, gab die CD ab und machte einen Besprechungstermin für die kommende

Woche aus. Ich hatte es so langsam satt von der ewigen Warterei und meinen ständigen Schmerzen. Ich wollte und konnte nicht mehr.

Mittlerweile hatten die Fitnessstudios kurzzeitig wieder offen, aber ich ging nur noch 50% ins Studio und trainierte den Rest daheim. Erstens, weil das Studio erst später aufmachte als gewohnt und zweitens, weil ich es genoss, einen Tick länger zu schlafen und es meinem Körper gut tat. Trotzdem plagte mich das schlechte Gewissen. Wurde ich nachlässig? Würde ich so in ein paar Monaten faul und dick auf der Couch liegen?

Am ersten Tag nach der Wiedereröffnung wurde ich im Fitnessstudio empfangen mit: „Mensch, Laura, der Lockdown hat dir gutgetan. Du hast zugenommen, oder?!"

ACH DU SCHEIßE! Bitte, was? Ich traute meinen Ohren kaum. Der Tag war definitiv gelaufen. Ich fuhr heim und probierte aus Angst erst mal alle Jeanshosen durch, ob diese noch passten. Meine Mutter beteuerte mir, dass ich nach wie vor viel viel zu dünn sei und sie nicht sehe, dass ich groß zugenommen habe. Ich sähe nur besser im Gesicht aus. Ich konnte mich trotzdem kaum im Spiegel ansehen und meinen Bauch schon gar nicht anfassen. Ich fühlte mich einfach eklig. Jedoch hatte ich immer noch im Hinterkopf, dass ich natürlich so kein Kind gebären könne.

In dieser Zeit passierte sehr viel mit mir. War Corona für mich ein gesundheitlicher Fortschritt?

Es kam, wie es kommen sollte. Eine Woche später erhielt ich die schockierende Nachricht, dass ich mir das Sitzbein (ein Knochen des Beckens) gebrochen habe. Die Ärztin war selbst total schockiert, weil dies erfahrungsgemäß nur bei schweren Stürzen passiere.

So kam Eins zum anderen und ich musste ein paar Tage später zur Knochenmessung. Die Ärztin vermutete, dass ich an Osteoporose litt, eine Erkrankung, die die Knochen leicht brechen lässt. Mein Hormonstatus war nicht in Ordnung. Dazu muss man sagen, dass meist Frauen im Seniorenalter an Osteoporose litten. Aber warum sollte ich als junge Sportlerin daran leiden? Ja, Laura, genau deshalb, weil du deinen Körper Jahre lang gefoltert, ihn Jahre lang gequält hast. Nun zahlt er es dir heim.

Diagnose: hochgradige Osteoporose. Die Orthopädin meinte zudem nebenbei, dass meine Knochenqualität einer 80-jährigen Frau ähnele. Immerhin sei es behandelbar.

Was sollte eigentlich noch alles passieren? Warum ich? Womit habe ich das verdient?

Der Ärztemarathon ging weiter und ich hielt eine Überweisung zum Endokrinologen in der Hand. Ein Arzt, der sich mit Hormonstörungen auseinandersetzte. Ich erhielt den frühesten Termin. In einem halben Jahr. Das konnte doch nicht wahr sein? Was sollte bis dahin passieren? Bin ich bis dahin auseinandergefallen?

Durch Zufall und Kontakte bekam ich einen zeitnahen Termin in sechs Wochen.

Die Endokrinologin, die an dem Tag total schlecht gelaunt war, stellte mir gefühlt Millionen Fragen und reagierte auf jeder meiner Antworten mit hochgezogenen Augenbrauen oder einem Seufzer. Ja, Frau Doktor, ich weiß, mein Leben ist keine Glanzleistung. Aber ich kann die Vergangenheit jetzt nicht mehr ändern, auch wenn das mein sehnlichster Wunsch wäre.

Nach dem Gespräch schickte sie mich ins Labor, um nochmal meine Blutwerte zu checken. Sie ginge nun in den Urlaub und würde mich danach telefonisch kontaktieren. Ich war total sauer und enttäuscht von diesem Arzttermin. Ich war mir sicher, dass ich zu dieser Dame nicht ein zweites Mal wollte.

Als sie mich nach ihrem Urlaub kontaktierte, um mit mir meine Blutwerte zu besprechen, war sie total nett. Vielleicht war sie damals nur mit dem falschen Fuß aufgestanden oder absolut überarbeitet. Wer weiß. Jedenfalls empfahl sie mir im Haus zu einer Gynäkologin zu gehen, die sich mir sicher besser annehmen könne. Gesagt – getan. Ein paar Tage später hatte ich dort bei einer sehr jungen und sympathischen Ärztin einen Termin. Ich erzählte ihr in Kurzfassung meine Geschichte und sie war der Meinung, dass ich zusätzlich noch Hormone in Tablettenform einnehmen sollte, um meinen Hormonstatus aufzupäppeln. Wieder Tabletten, wieder Hormone. Aber nun gut. Sie stellte klar, dass diese auch wichtig für meinen gestörten Knochenstoffwechsel seien und nicht nur für meinen Wunsch, ein Kind zu bekommen. Sie verschrieb mir einmal eine Creme, welche ich täglich auf meinen Unterarm schmieren musste und zusätzlich Tabletten, die ich schlucken sollte.

Nebenwirkungen: Absolute Müdigkeit und der bekannte Juckreiz. Aber was blieb mir anderes übrig? Ich musste mein Leben wieder in Griff bekommen.

Es kam eines Abends zu einem totalen Umbruch in meinem Denken. Warum quälte ich mich all die Jahre? Wo wäre ich jetzt, wenn ich diese doofe Krankheit nicht hätte? Hätte ich schon Kinder und wäre glückliche Mama? Würden wir in einem kleinen Häuschen leben mit einem schönen Stück Garten? All das wäre möglich. Feststeht jedenfalls, dass mein Körper nicht so ein Wrack wäre, wie er es jetzt schon mit meinen fast 30 Jahren ist. Gesunde Ernährung und Sport ist also nicht das Nonplusultra für einen gesunden Lebenswandel. Warum? Weil es alles zu viel war. Zu viel „gesunde" Ernährung und zu viel Sport. Was ist schon gesund und was nicht?

Gesund ist meiner Meinung nach der Mix aus allem. Ein bisschen Sport, ein bisschen Faulenzen, ein bisschen Obst und Gemüse, aber auch mal genüsslich ein Stück Pizza oder Schokolade.

Warum kann ich nur so viele gute Tipps geben, aber setzte sie selbst nicht um?

Das fragte ich mich übrigens in den letzten Jahren häufiger.

Wie oft empfahl ich Patienten, dass sie mit der Verletzung eine Sportpause einlegen müssen, damit der Muskel wieder regeneriert. Und was machte ich? Sportelte wie eine Wilde weiter, egal ob ich krank war, einen Bruch hatte oder sonst was. Bekloppt, ich weiß. Aber man ist gefangen in seinem eigenen Körper.

Nun, ich erzählte euch von meinen guten Bekanntschaften aus dem Fitnessstudio.

Da war ein lieber Mensch dabei, mit dem ich in letzter Zeit häufig Kontakt hatte. Er war Mitte 30, sehr sportlich, Familienpapa und unheimlich sympathisch. Wir sahen uns ja im Studio regelmäßig bis der Lockdown kam. Nichtsdestotrotz blieben wir in Kontakt und so kam es zu einem Treffen mit unseren Partnern inklusive seiner Kinder. Unsere Ehepartner verstanden sich auch auf Anhieb gut und wir hatten einen wirklich super lustigen Abend.

Mein Kumpel und ich schrieben uns in der Zeit sehr viel und hatten täglich Kontakt. Irgendwann kam der Zeitpunkt, in dem wir uns etwas mehr von unserem bisherigen Leben erzählten und so schilderte ich ihm mein ganzes Dilemma. Ich kann euch nicht sagen wieso, aber ich konnte ihm von Anfang an alles im Detail anvertrauen und meine Gedanken und Ängste offenbaren. Er war schockiert von meinem Leid und reagierte anders als die bisherigen Menschen. Er machte mir weder Vorwürfe noch gab er mir Tipps wie zum Beispiel „Ach, dann geh doch einfach jeden Tag zu Fastfood-Restaurants. Dann nimmst du ganz schnell zu" oder „Lass doch einfach den Sport sein."

Er wusste genau, wie wichtig der Sport für mich ist, da er es genauso als Ventil im Alltag brauchte und liebte. Jedoch hatte er eine besondere Art und Weise auf mich einzureden und machte mir so mit seinen warmen Worten klar, dass ich etwas ändern müsse. Ich müsse anders essen und meinen Sport reduzieren. Die Zeit liefe, aber es wäre noch nicht zu spät. So machte er sich die Mühe und kreierte für mich einen Blog, in dem er mir ab und zu eine liebe Botschaft hinterließ.

Er zeigte mir viele Sachen von anderen Blickwinkeln und motivierte mich durchzuhalten.

Ich bin so unheimlich dankbar, ihn als Freund gefunden zu haben.

Er tat eigentlich nichts anderes als es meine Eltern und mein Mann Jahre lang schon taten, aber vielleicht waren sie einfach schon zu lange involviert? Hatten einfach auch keine Nerven mehr? Ihr glaubt nicht, wie sehr mir das, was ich meiner Familie mit meiner Krankheit angetan habe, leidtut. Wie viele Tränen meine Mutter meinetwegen vergossen hat, wie viele schlaflose Nächte sie quälten. Ich schäme mich dafür.

Es war der Zeitpunkt gekommen, in dem ich langfristig etwas ändern musste. War der Lockdown für mich ein Geschenk? War der Bruch für mich ein Weg aus der Krankheit?

So fing ich langsam an, wieder etwas positiver zu denken. Langsam, aber sicher stellte ich meine Ernährung um. Ich traute mich an neue Lebensmittel heran und probierte mich an ihnen.

Ich füllte meinen Magen nicht mehr nur mit Gemüse und Obst und kaute auch keine Unmengen an Kaugummi mehr.

Zudem reduzierte ich meinen Sport enorm und machte nur noch kleine Workouts. Anfangs war das eine krasse Umstellung. Ich wusste gar nicht, was ich mit der gewonnenen Zeit anfangen sollte. Aber schnell entschied ich mich für schlafen und das Leben zu genießen. Es tat so gut nicht nach der Uhr zu leben. Nicht ins Bett zu gehen, weil ich morgen früh aufstehen „musste", sondern ins Bett zu gehen, wenn ich müde war. Abends einfach mal länger wach zu bleiben und länger Quality-Time mit meinem Mann zu haben.

Ich genoss das Lesen der morgendlichen Blocks meines Kumpels, die mich regelmäßig zum Weinen brachten. Aber ich wusste, ich schaffte das. Ich musste. Was ich in dieser Zeit lernte, war, dass ich dies nicht für ein Baby tat, sondern für mich. Ich wollte noch lange leben und möglichst unbeschwert. Das war der einzige Weg heraus aus dem Dilemma.

Ehrlich gesagt, es fiel mir an manchen Tagen schwerer und an anderen leichter. Aber ich blieb dran. Ich traute mich auch mal wieder auf die Waage und sah mein Gewicht jetzt nicht pendeln, sondern stetig steigen. Der Tag, an dem ich mich wog, war anschließend trotzdem mit sehr viel Kopfkino verbunden. Mich beschäftigte es nach wie vor. Aber es gab keinen anderen Weg. So langsam zwickten auch die ein oder anderen Jeans. Mein Mann sagte immer er kaufe mir meinen ganzen Schrank neu. Das munterte mich in einer Weise total auf, aber im anderen Moment war es einfach schwer, es zuzulassen.

Eine Frage beschäftigte mich noch brennend: Wie sah eigentlich mein Bauch mittlerweile aus? Vor ein paar Monaten checkte ich diesen täglich. Ich wollte sehen, ob er auch ja noch schlank, flach und muskulös sei. Dies tat ich schon seit Wochen nicht, weil ich wirklich Angst hatte. Ja, er hatte sich verändert. Aber ich musste es lernen ihn so zu lieben. Ich war und bin zwar der Meinung, dass mir ein „dicker Bauch" im Falle einer Schwangerschaft nichts ausmachen würde. Aber in der jetzigen Situation einfach so einen „unsportlichen" Bauch zu haben, war für mich eine schreckliche Vorstellung.

Ich nahm mir meist am Wochenende Zeit, setzte mich vor den Spiegel und schaute meinen Bauch an und versuchte ihn nach langem auch mal wieder anzufassen. Ich hatte absolut den Draht zu mir und meinem Körper verloren. Je länger und öfter ich dies tat, umso mehr freundete ich mich mit meinem Körper an. Wenn mein Mann mal eine Pizza bestellte, traute ich mich mittlerweile auch mal abzubeißen, was eine absolute Geschmacksexplosion in mir auslöste. Ich genoss es in vollen Zügen. Genauso wie mal ein Gummibärchen zu naschen oder ähnliches. Ich hatte jeglichen Bezug zur Realität verloren und erkämpfte sie mir nun zurück. Und soll ich euch was sagen? Wir sind nicht in der Vergangenheit, sondern gerade in der Gegenwart angekommen.

Wir haben nun Frühjahr 2021. Das ist mein derzeitiger Standpunkt. Ich bin noch lang nicht am Ziel, aber ich kämpfe weiter. Für mich, für meine Gesundheit und für meinen Traum, Mama zu werden. Egal, ob durch ein leibliches oder ein adoptiertes Kind. Ich will mein altes Leben in Bezug auf die Krankheit nicht mehr. Ich will mein Leben in vollen Zügen genießen. Ich möchte weiterhin kämpfen und meinem Körper etwas Gutes tun. Das, wonach er sich schon jahrelang sehnt.

Es soll auch bitte nicht so rüber kommen, dass alles, was ich bisher erlebt habe, schlecht war. Ich hatte eine tolle Kindheit, hab viele tolle Menschen kennengelernt und hab einen tollen Rückhalt meiner Eltern und meines Mannes. Ich hatte wunderschöne Urlaube, habe viele lustige Situationen erlebt, habe einen Job, der mir meistens sehr viel Spaß bereitet. Ich habe ein Dach über dem Kopf, habe genügend zu essen und bin finanziell von niemandem abhängig. Ich zeige euch hier die Schattenseiten meines Lebens und wie all diese Momente mein Leben verändern haben.

Der Unterschied zu anderen Biografien oder Leidenswegen ist vielleicht auch, dass ich noch nicht an meinem Ziel angekommen bin. Noch kann ich von keinem Happy End sprechen. Die Zukunft ist ungewiss - aber ist sie das nicht immer?

Klar, man kann die Zukunft nie voraussagen. Umso wichtiger ist es, das Hier und das Jetzt zu genießen, sich selbst zu lieben, nicht zu streng mit sich selbst zu sein und seine „Schwächen" zuzulassen. Ich hab' noch einen Weg vor mir, aber bin an einem Punkt angekommen, an dem ich definitiv nicht mehr zurück und all das Schlechte hinter mir lassen will. Es hat in meinem Kopf KLICK gemacht, der Schalter ist umgelegt und nun kämpfe ich weiterhin um alle meine Ziele zu erreichen.

Ich muss zugeben, dass es mir unheimlich schwergefallen ist, mein Leben so chronologisch aufzuschreiben, weil natürlich auch viel mehr passiert ist als das bisher Geschriebene. Aus diesem Grund hab' ich mir überlegt, dass ich gewisse Themen aus meinem Leben nochmals in jeweiligen eigenen Kapiteln näher erläutere, um euch einen weiteren Einblick in meine Lebensgeschichte zu geben. So könnt ihr außerdem selbst entscheiden, was ihr zuerst lesen wollt oder ob ihr es einfach überspringt.

Ich hoffe, ich habe euch bisher nicht gelangweilt oder zu sehr geschockt. Einige werden denken „Tja selbst schuld". Die anderen werden mich bemitleiden oder einfach nur aus Interesse dieses Buch lesen. Jeder hat und darf seine eigene Meinung äußern. Klar; eure Meinung ist mir wichtig, aber ich richte mein Leben nicht mehr danach. Früher hab' ich alles dafür getan, um anderen Menschen zu gefallen, hab mich verbogen und meine eigene Meinung in den Hintergrund gestellt.

Auch dies habe ich im Laufe meines Lebens gelernt. Aber lest selbst :-).

Kapitelübersicht:

1. Meine Ängste und Zwänge
2. Meine Beziehung zu meiner Mama
3. Meine Beziehung zu meinem Papa und die Verbindung zum Fußball
4. Mein Essverhalten und meine Lebensmittelallergien
5. Meine Sportsucht
6. Freundschaften
7. Mein Kinderwunsch
8. Meine Ehe und die Krankheit
9. Was ich mir so wünsche und ein großes Danke

1. Meine Ängste und Zwänge

Von klein auf war ich ein sehr ängstliches Kind. Abends hatte ich Angst, dass Hexen in unserer Wohnung waren, sodass Mama mit mir immer die komplette Wohnung durchlaufen musste, um die Hexen zu verscheuchen.

In meinem Bett schlief ich ein, aber nicht durch. Ich lief nachts ins Schlafzimmer meiner Eltern und schlief dann im großen Ehebett. Was gab es Schöneres als wohlbehütet neben Mama und Papa zu liegen? Und fragt bitte nicht wie lang ich das tat!

Fremde Kinder ansprechen traute ich mich nicht, war jedoch das Eis gebrochen, konnte ich quasseln, wie ein Wasserfall.

Meinen Schnuller hatte ich lange, bis eines nachts die Schnullerfee kam und ihn mitnahm. Kurz darauf entschied ich meinen Daumen als Ersatz zu nehmen. Meine Eltern waren davon natürlich nicht begeistert, aber unternahmen erstmals nichts dagegen.

Als wir dann in die Nähe von Offenbach in eine Reihenhaushälfte mit eigenem Garten zogen, dauerte es nicht lange, bis ich viele neue Freunde kennenlernte. Der Gang in den Kindergarten war jedoch eine Qual. Ich wollte viel lieber bei meiner Mama bleiben. Zum Leidwesen meiner Mutter machte ich selten etwas ohne sie. Allein beschäftigen fand ich total langweilig, sodass sie froh war, wenn Freundinnen zum Spielen da waren. Zu anderen Kindern nach Hause ging ich ungern, ich hatte es viel lieber, wenn diese zu mir kamen, von übernachten außer Haus brauchen wir erst gar nicht reden.

Klein Laura achtete immer darauf, dass ihre Freundinnen nach jedem Spielen sofort mithalfen, alles wieder ordentlich aufzuräumen. Machte sich etwa schon dort mein Ordnungswahn und Perfektionismus bemerkbar?

Witzigerweise erzählte mir Mama mal, dass ich im Kindergarten immer auf Toilette musste, als es um das Aufräumen ging. Komisch, oder?

Ich kann mich noch gut daran erinnern, dass ich ganz scharf darauf war, bei meinen Freundinnen zu Hause aufzuräumen und Sachen für einen Flohmarkt auszumisten. Hatten wir genügend zusammen, setzten wir uns mit einer Decke vor unsere Haustür und warteten, bis irgendwelche Leute kamen und uns die „Schätze" abkauften. Meistens mussten dann unsere Eltern herhalten, damit wir am Ende des Tages nicht völlig enttäuscht waren. Klingt bekloppt, ich weiß, aber so war eben die Kindheit in den 90ern.

In der Schule war ich immer sehr fleißig und machte sorgfältig und gewissenhaft meine Hausaufgaben. In den Pausen tauschte ich Diddl-Blätter, spielte mit Jojo's und sammelte Panini-Bilder. Freunde hatte ich reichlich, auch wenn man sich unter den Mädels öfter mal stritt.

Was sich jedoch nicht änderte war die Tatsache, dass ich nach wie vor wie eine Klette an meiner Mutter hing. Wenn sie mal nur kurz zu einer Nachbarin wollte, blieb ich nicht allein zu Hause. Ich hörte immer seltsame Geräusche und bildete mir ein, es wäre ein Einbrecher im Haus. Das war auch der Grund, warum ich es immer noch nicht schaffte, in meinem eigenen Bett zu schlafen. Als ich dann größer wurde, mangelte es an Platz im Ehebett, sodass ich mich mit einer separaten Matratze ins Schlafzimmer meiner Eltern legte. Ich bin zwar abends in meinem eigenen Zimmer eingeschlafen, sobald ich aber wach wurde, ging ich rüber ins Elternschlafzimmer und legte mich dort nieder. Anfänglich brachten mich meine Eltern immer wieder in mein eigenes Bett rüber, verloren aber dann nach 30 Anläufen irgendwann die Nerven und gaben nach. Ich hab' geheult wie ein

Schlosshund, weil ich so fürchterliche Angst hatte, woher ich diese hatte - keine Ahnung.

So fing auch eine kurze Zeit später mein Waschzwang an. Wegen jeder Kleinigkeit säuberte ich mir die Hände, egal ob es notwendig war oder nicht. Als ich dann auch noch anfing Dinge immer sieben Mal zu berühren, ging meiner Mama mit mir gemeinsam zu einer Kinderpsychologin.

Ich hab' an diese Zeit leider nicht mehr so viele Erinnerungen. Ich weiß nur, dass es unheimlich anstrengend war. Ich kam überhaupt nicht vorwärts, da ich zum Beispiel ständig wieder an eine Stelle zurücklief, um diese mit dem Schuh nochmals zu berühren. Es war nicht nur anstrengend für mich selbst, sondern auch für meine Eltern. Zu allem Überfluss fragte ich meine Eltern ständig, ob ich jemanden wehtat, wenn ich diesen nur berührte. Keine Ahnung, wo ich diese Marotte herhatte, aber es war sehr belastend für alle. Sowohl der Waschzwang als auch das endlose Berühren von Dingen, sowie die Angst, irgendjemandem wehtun zu können, hörte zum Glück kurz darauf wieder auf.

Ein großes Laster war jedoch die Tatsache, dass ich ganz häufig Pipi musste. Kaum ins Auto gestiegen musste ich dringend auf Toilette. Meine Eltern wurden regelrecht wahnsinnig und glaubten mir anfangs nicht, bis sie wirklich sahen, dass ich literweise Wasserlassen musste, obwohl ich fünf Minuten vorher schon war. Ihr glaubt nicht, wie oft wir auf unserer Urlaubsfahrt nach Spanien an Raststätten halten mussten. Gefühlt kenne ich in ganz Deutschland, Frankreich und Spanien jede Toilette in - und auswendig. Diese Tatsache durchläuft leider bisher mein ganzes Leben und deren Ursache ist bis heute noch nicht geklärt. Psychologen meinten, es sei Kopfsache. Sobald ich nicht die Möglichkeit besäße, jederzeit eine Toilette aufsuchen zu können, müsse ich automatisch. Aber auch heute gibt es noch Phasen, in denen ich nachts 15-mal aufs Klo renne, was mir regelrecht den Schlaf raubt.

Auch im Schulalter war ich noch ein sehr ängstliches Kind. Ich erinnere mich noch gut an den Tag, als wir mit Freunden Schlittenfahren waren. Diese hatten unter anderem ein Schlauchboot dabei und fuhren mit diesem den Hang hinunter. Alle trauten sich nur ich nicht. Nachdem sie mich des Öfteren dazu animiert hatten, überwand ich meine Angst und setzte mich hinein. Während der Fahrt hatte ich unglaublich viel Spaß. Als jedoch unten der Wald immer näherkam und das Boot nicht bremste, bekam ich Panik. Alle schrien, dass wir abspringen sollen, aber ich war wie eingefroren. Minuten später wachte ich im Boot auf und über mir lehnten sämtliche Gesichter. Wir hatten echt Glück gehabt und waren nur mit einem Schock sowie einer leichten Gehirnerschütterung davongekommen. Tja, das passierte, wenn ich mich mal was traute.

Trotz all der Ängste und Zwänge hatte ich eine fantastische Kindheit, die ich meinen Eltern zu verdanken habe und unheimlich stolz bin, dass sie mir all das ermöglicht haben.

Keiner wusste damals was die Zukunft bringen wird, und keiner dachte jemals daran, dass ich an einer solchen Krankheit – wie der Magersucht - leiden würde. Mit der Magersucht verstärkte sich dann gleichzeitig auch mein Perfektionismus sowie mein Drang zur Ordnung, die mir in manchen Situationen den Verstand raubten.

Als ich dann auf die weiterführende Schule kam, lernte ich ununterbrochen. Mir flog leider nichts zu, sodass ich viel Zeit dafür investieren musste. Viel Freizeit blieb mir dabei nicht. Ich schrieb oft meine Schulaufgaben nochmal ab, um in Heftordnung eine Eins zu bekommen und übte fleißig an sämtlichen Lernprogrammen.

Nicht nur in der Schule war ich gewissenhaft. Ich habe nie groß etwas angestellt oder etwas Verbotenes getan. Wenn ich meine Eltern mal anschwindelte, hatte ich ein so schlechtes Gewissen, dass ich keine fünf Minuten brauchte, um ihnen die Wahrheit zu sagen.

Mein Zimmer war immer aufgeräumt und mein Kleiderschrank sah aus wie in einer Boutique. Mama musste mich nie dazu animieren, alles in Ordnung zu bringen. Auch sonst legte ich mir sämtliche Listen für meine To-Do's an, die ich nach jeder erledigten Aufgabe sofort abhakte. Ein tolles Gefühl sag ich euch. Das Listenanlegen hab' ich übrigens von meinem Daddy „geerbt". In dieser Hinsicht sind wir uns einfach zu gleich.

Je älter ich wurde umso schlimmer wurde mein Perfektionismus und Ordnungswahn. Ich räumte immer alles sofort akkurat auf und konnte nichts einfach „stehen" lassen. Ich trieb oft meine Eltern damit zur Weißglut und wir stritten uns deshalb dann auch des Öfteren. Mama war in der Hinsicht eher gemütlicher eingestellt und konnte auch gut und gerne nach dem Essen sich erst einmal auf die Couch legen, bevor sie die Küche aufräumte. Unvorstellbar für mich.

Mit der Zeit kamen dann der Sportwahn und die Magersucht dazu. Darüber könnt ihr mehr in den jeweiligen Kapiteln lesen.

Beim Sport musste ich jede Wiederholungszahl richtig ausführen. Wenn dies nicht gelang, bestrafte ich mich mit Extra-Wiederholungen, beim Essen waren bis zu 1000 Kcal am Tag erlaubt. Eine Ausnahme war nicht denkbar. Allein der Gedanke daran war der reinste Horror. Ich redete mir ein, dass ich eine absolute Versagerin wäre, wenn ich das nicht schaffen würde - absolut bescheuert.

Gefangen in meinem eigenen Körper tat mein Verstand was er wollte. Ihr müsst euch das so vorstellen, als ob es zwei Stimmen in eurem Kopf gibt. Die eine animiert euch z.B. nur ein Salat zu essen, die andere sagt: „Esse lieber noch ein Brötchen dazu, du brauchst die Kohlenhydrate." Ich war pausenlos im Zwiespalt und hörte meistens auf die „böse Laura".

Abends war ich total platt. Nicht nur vom Sport, meinem Alltag und den wenigen Nährstoffen, sondern auch von den ganzen Stimmen im Kopf. Es war einfach nur noch anstrengend und kräftezehrend. Ich weiß ehrlich gesagt nicht, wie ich mit diesem hohen Sportpensum und dem restriktiven Essen mein Abitur, meinen Führerschein und mein komplettes Studium geschafft habe.

Es hat übrigens lange gedauert, bis ich alleine in unserem Haus schlafen konnte. Ich blieb nach wie vor nicht gerne allein. Schon gar nicht über Nacht. Aber als meine Eltern allein in den Urlaub fuhren und ich nicht mitwollte, blieb mir nichts anderes übrig. Ich schloss tausend Mal die Tür ab. Bevor ich zu Bett ging, checkte ich jeden Raum. Dies ließ zum Glück nach einer Weile nach. Allerdings musste ich einmal den Nachbarn rufen, um eine Spinne zu entfernen. Dabei handelte es sich um eine wirklich große Spinne. Vor denen hatte ich nämlich panische Angst.

Als ich dann im Herbst 2015 mit meinem Mann in unsere erste gemeinsame Wohnung zog, ging der Ordnungswahn übrigens weiter. Ich hatte meinen genauen Putzplan, an den es sich auch zu halten galt. Tobi geht es meistens richtig auf die Nerven, jedoch sagt er hinterher immer, wie schön ordentlich und sauber es doch bei uns ist. Ich liebe einfach die Reinlichkeit und kann Dreck und Unordnung nicht ab.

Wenn ich bei Freunden oder Bekannten zu Besuch bin, bei denen es nicht ganz so ordentlich ist, juckt es mir immer in den Fingern. Ich muss mich dann echt zurückhalten, um nicht anzufangen dort aufzuräumen. Wenn ich mal bei meinen Eltern bin halte ich mich mittlerweile zurück, obwohl Mama immer froh ist, wenn wir gemeinsam den Keller entrümpeln oder mal ihren Kleiderschrank ausmisten. Ihr seht, so etwas mache ich nach wie vor einfach zu gerne.

Außerdem leide ich, genauso wie meine Mama, am Helfersyndrom. Wir unterstützen und helfen Nachbarn und Freunden, hetzen von A nach B, nur um anderen einen Gefallen zu tun. Mit der Zeit habe ich aber gemerkt, wem ich gerne helfe, wer es zu schätzen weiß, und wer es gnadenlos ausnutzt.

Eine Eigenschaft, die ich, glaube ich, auch von meiner Mama übernommen habe, ist immer die Sorge um Menschen, die mir sehr am Herzen liegen. Als ich beispielsweise jeden Morgen nach Idstein zum Studieren gefahren bin, sollte ich mich immer melden, wenn ich angekommen war. Hatte ich es vergessen, schrieb Mama mir gleich eine Nachricht, ob alles okay sei. So bin ich aber auch, ich mache mir immer große Sorgen und habe Angst, dass meinen Liebsten irgendetwas zustößt.

Mama und ich telefonieren zum Beispiel täglich, oft sogar mehrmals. Papa verdreht schon immer genervt die Augen. Aber so sind wir nun mal. Ich muss zugeben, dass es teils von Mama und mir schon übertrieben ist. Wir beide hatten auch mal ausgemacht, dass wir es versuchen zu reduzieren, aber dann gibt es eben doch immer etwas, was wir uns erzählen möchten.

Trotzdem muss ich sagen, dass ich mittlerweile etwas lockerer geworden bin. Gerade mein Sportwahn hat unter den genannten Umständen nachgelassen. Ich gehe die Sache nicht mehr ganz so verbissen an und gönne mir mehr Pausen und Ruhe. Auch beim Thema Essen habe ich viele Fortschritte gemacht. Kalorien zähle ich schon lange nicht mehr und ich esse meist das, wonach mir ist. (im Rahmen meiner Möglichkeiten). Klar kann ich noch nicht so ganz „frei" essen wie andere das womöglich tun, aber ich hoffe und glaube, dass sich auch dies noch bessern wird. Ich muss wirklich sagen, dass ich meine neuen „Freiheiten" sehr genieße und mein Körper sich Tag für Tag von den jahrelangen Strapazen erholt. Ich kann sogar am Wochenende mal länger liegen bleiben und für meine Verhältnisse lange schlafen. Außerdem bin ich allgemein viel „spontaner" geworden und bin nicht sofort auf 180.

Das Problem mit dem häufigen Wasserlassen habe ich leider noch immer. Es raubt mir zeitweise wirklich den letzten Nerv und viel Schlaf. Kennt ihr schlaflose Nächte? Es ist einfach grauenvoll - richtige Folter, vor allem wenn man den Grund dafür nicht weiß. Ich habe demnächst bei einem Spezialisten für Urologie einen Termin und erhoffe mir dort mehr Klarheit.

2.) Die Beziehung zu meiner Mama

Wie ich euch schon erläutert habe, bin ich absolut wohlbehütet in der Nähe von Stuttgart aufgewachsen. Ich war ein absolutes Wunschkind und das ließen meine Eltern mich auch spüren.

Als meine Mama mit mir schwanger war, hörte sie natürlich gleich auf zu rauchen und hielt sich an alle strengen Vorgaben ihres Gynäkologen.

Sie tanzte zwar noch während und kurz nach der Schwangerschaft, aber gab ihren Traum, weiterhin Ballett zu tanzen, durch mich auf.

Als ich auf die Welt kam, krempelte sie ihr komplettes Leben um, nur damit es mir gut ging. Sie unternahm sehr viel mit mir, wir machten mit Freunden Ausflüge und dabei durfte natürlich eine ganze Tasche voll mit Ersatzklamotten, Waschläppchen, Getränke und Essen nicht fehlen. Mama war immer bestens ausgestattet. Sie ermöglichte mir ins Kinderturnen zu gehen oder zu sämtlichen anderen Aktivitäten. Vom Mittagsschlaf hielt ich schon sehr früh nichts mehr und so musste Sie mich pausenlos den ganzen Tag beschäftigen.

Als wir von Stuttgart in die Nähe von Offenbach am Main gezogen sind, half sie mir neue Bekanntschaften zu knüpfen. Sie hatte immer eine offene Tür für weitere Kinder, nur damit ich Spielkameradinnen hatte.

Mama brachte mich in den Kindergarten und holte mich auch immer überpünktlich ab. Es gab keine Situation, in der sie mich mal hatte warten lassen, auf sie war und ist immer Verlass.

Sobald ich in die Grundschule ging, fing sie wieder vormittags an zu arbeiten. Sie war jedoch, sobald ich zuhause war, immer da und wartete schon mit dem Mittagessen auf mich.

Mama war meine Heldin. Da ich auch ein sehr ängstliches Kind war, blieb ich nie allein zu Hause. Das hatte zur Folge, dass meine Mutter nie mal kurz allein zu einer Freundin einen Kaffee trinken konnte, ohne dass ich im Schlepptau war. Ich übernachtete auch nur in den absoluten Ausnahmefällen bei Freundinnen, weil ich nachts lange noch zu meinen Eltern ins Bett gekrabbelt bin.

Im Grundschulalter begann dann die heiße Diskussion, ob ich alt genug sei, endlich in meinem eigenen Bett zu schlafen. Mit voller Geduld brachte sie mich jede Nacht gefühlt 20-mal in mein eigenes Bett zurück und wartete bis ich eingeschlafen war. Jetzt kann ich genau verstehen, was es heißt wenig Schlaf zu bekommen und den hatte sie durch mich leider sehr wenig.

Hausaufgaben machte ich in der Grundschule natürlich nur in ihrem Beisein.

Anschließend brachte sie mich zu Verabredungen oder zu meinen Sportaktivitäten.

Als ich mit zwölf Jahren anfing Fußball zu spielen, fuhr sie mich dreimal wöchentlich nach Frankfurt, wartete das Training ab und brachte mich wieder nach Hause. Am Wochenende stand sie ausnahmslos immer mit auf dem Sportplatz und jubelte mir zu. Wenn ich eine Verletzung hatte, sorgte sie sich rührend um mich. Mama hatte natürlich immer alles in ihrer Handtasche. Von Salben, über Globuli's oder Kühlakku - Mutti war bestens ausgestattet.

Auch wenn ich eine Erkältung oder Fieber hatte, umsorgte sie mich rührend und pflegte mich gesund. Ich kann mich noch genau an dieses schöne Gefühl erinnern, wenn sie mich auf der Couch in eine dicke Decke einpackte, in den Arm nahm und meinen Kopf streichelte.

Als ich in Kindheitstagen die Läuse hatte, nahm sie sich die Zeit und ging mein damals noch sehr volles und langes Haar einzeln durch und untersuchte diese auf Nissen. Das war eine Tortur, aber Mama meisterte alles mit Bravour.

Als ich dann in der fünften Klasse auf eine Privatschule nach Frankfurt ging, fuhr sie mich jeden Morgen in den Nachbarort und brachte mich zum Bus, mittags holte sie mich genau dort wieder ab.

Sie half mir bei den Hausaufgaben und hielt meine Wutausbrüche aus, wenn mal was nicht so funktionierte, wie ich wollte. Brachte ich schlechte Noten nach Hause, nahm sie mich in die Arme, tröstete mich und gab mir Motivation dranzubleiben. Ich habe nie Ärger von meinen Eltern zwecks schlechter Noten bekommen, da sie genau gesehen hatten, wie sehr ich mich bemühte.

Im Teenageralter holte sie mich oft nachts noch von Freunden ab, damit ich nicht allein im Dunkeln nach Hause kommen musste. Viele meiner damaligen Freunde sind gelaufen, mit dem Taxi gefahren oder haben spontan bei ihren Freunden übernachtet. Ich konnte mich immer ausnahmslos auf meine Eltern verlassen.

Ich muss sagen, ich war ein sehr gut erzogenes Kind und machte wenig Unfug. Es gab kaum Situationen, in denen meine Eltern mit mir schimpfen mussten. In dieser Hinsicht gab ich ihnen keinen Anlass zur Sorge. In anderer Art und Weise jedoch schon, und zwar ab dem Zeitpunkt, als das mit der Magersucht anfing.

Meine Mutter war von Anfang an die Einzige, die sofort bemerkt hatte, dass etwas nicht stimmte. Sie ging mit mir sofort zu der befreundeten Ärztin. Außerdem kümmerte sie sich in Windeseile um einen Psychologen und um einen Termin beim Ernährungsberater.

Viele Menschen in unserem Umfeld winkten ab und meinten, Mama würde mit ihrer Fürsorge übertreiben. Ich selbst fand das damals alles überzogen und verdrehte bei dem Thema nur noch die Augen. Immerhin war ich im Teenageralter und fing eben an besonders auf mein Äußeres zu achten.

Das war der Zeitpunkt, an dem die ewigen Diskussionen bei Tisch losgingen. Mama kontrollierte jeden Bissen von mir. Sie nahm täglich meine schlechte Laune in Kauf. Wir schrien uns pausenlos an und somit fing unser tolles Mutter-Tochter-Verhältnis an zu bröseln.

Es gab nur noch das eine Thema. Papa, der sehr viel arbeitete, bekam tagsüber von dem Zirkus nicht viel mit, sodass Mama in der Hinsicht auf sich allein gestellt war. Was für eine Kämpferin, was für eine Löwin, die ihr Junges ja eigentlich nur beschützen wollte.

So war Mama für mich eine lange Zeit einfach nur doof. Ich hatte das Gefühl, sie wollte mich ständig kontrollieren und ärgern. Papa ging mir wenigstens nicht auf die Nerven. Er ließ mich so viel Sport machen, wie ich wollte. Auch ließ er mich so viel oder auch wenig essen wie ich wollte. Trotzdem hatte ich Mama noch unglaublich dolle lieb, aber der Kampf im Inneren und im Kopf war immens, sodass ich das in der Zeit nicht zeigen konnte, denn ich hatte genügend mit mir selbst zu kämpfen.

Trotz meiner schlechten Laune und meiner blöden unfairen Art zu meiner Mutter, versuchte sie mir weiterhin vieles abzunehmen und für mich zu sorgen. Sie schlug mir öfter vor, mich doch mal mit Freunden zu treffen oder welche zu mir nach Hause einzuladen, aber ich hatte einfach keine Lust und zog mich immer mehr zurück.

Es gab oft Momente, in denen meine Mama anfing, mitten in unseren Diskussionen zu weinen. Es war ein schreckliches Gefühl, weil ich genau wusste, dass ich der Grund war. Leider schaffte ich es nicht, dagegen etwas zu tun. Mein Perfektionismus und mein böses Ich trieben mich immer weiter ins Verderben. Tag für Tag, Jahr für Jahr lebte meine Mama mit der großen Sorge um ihr einziges Kind. Wie schrecklich das sein musste. Ich kann und will es mir gar nicht ausmalen. Ich schäme mich so sehr dafür. Den Hebel konnte ich einfach nicht umlegen. Aber die Krankheit ist so tückisch, dass einem regelrecht die Realität abhandenkommt.

Meine Mama gab aber niemals auf. Nachts wälzte sie Ratgeber oder durchforstete das Internet, um neue Tipps und Ratschläge zu erhaschen, wie sie sich mir gegenüber verhalten solle und was sie noch ändern könne. Sie selbst begann sogar eine Therapie, da sie einfach allein mit dem ganzen Ballast nicht mehr klarkam. Sie hatte schon genügend Schicksalsschläge hinter sich bringen müssen, da ihre damalige beste Freundin leider an Krebs erkrankte und kurz darauf starb.

Ich möchte mir nicht ausmalen, wie ihr Inneres aussah. Dies gerade Revue passieren zu lassen, ist für mich einfach unheimlich schwierig und belastend. Wie oft hatte ich Mama gefragt: „Was wünscht du dir zum Geburtstag?" „Was wünscht du dir zu Weihnachten?" Ihre Antwort war jedes Mal dieselbe. „...dass du gesund wirst!" Ich verdrehte jedes Mal dabei die Augen und verließ den Raum. Ich konnte das Thema nicht mehr hören. Ich war doch weder krank noch magersüchtig. Und schon gar nicht dünn. Ich habe es wirklich nicht gesehen. Oft betrachtete ich mich im Spiegel und sah jemand ganz anderen, nicht die „anscheinend" dürre Laura.

Für meine Mama war es ganz schwierig, wenn sie im Ort oder im Bekanntenkreis von anderen Leuten auf mich angesprochen wurde. Was für Höllenqualen sie durchleben musste. Stets immer die Angst, doof angesprochen zu werden, meistens nur aus reinster Neugier. Ihr kennt ja kleine Orte - da machen Gerüchte schnell die Runde. Auch innerhalb der Familie musste Mama immer Rede und Antwort stehen.

Wenn wir gemeinsam unterwegs beim Einkaufen waren, ertrug sie all die erschrockenen Blicke und all die tuschelnden Leute, die sich reihenweise nach mir umsahen.

Es gab Momente, in denen Mama dann ihre Geduld verlor. Sie glotzte die Leute einfach auch an oder schrie ihnen etwas hinterher. Mir war das mittlerweile schon fast egal, da ich mich daran gewöhnt hatte. Ich glaube, ich genoss diese Aufmerksamkeit auch ein wenig. Wer mag schon nicht im Mittelpunkt stehen? Dass diese Aufmerksamkeit jedoch negativ war, war mir zu diesem Zeitpunkt jedoch nicht klar.

Gemeinsame Urlaube waren kaum mehr aus haltbar. Ich aß nur noch Salat und selbst Papa begann mittlerweile an meinem Essverhalten herumzunörgeln. Ich fühlte mich einfach nur allein gelassen und unfair behandelt. Momente des Genießens waren nicht in Sicht. Allein schon der Anblick mich in Bikini oder kurzen Shorts zu sehen war grauenhaft für meine Eltern.

Immer wieder boten meine Eltern mir an, mich in eine Klinik stationär einzuweisen, aber das lehnte ich jedes Mal vehement ab. Von zu Hause weg? Niemals. Ich weiß auch wirklich im Nachhinein nicht, ob es mir persönlich langfristig was gebracht hätte - meiner Mutter in der Zeit auf jeden Fall.

Ich war einfach nur noch genervt von irgendwelchen super tollen Tipps und hatte auch keinen Nerv mehr auf die wöchentlichen Therapiesitzungen. Ich ließ es gezwungenermaßen über mich ergehen, obwohl ich meine neue Therapeutin echt super sympathisch und lieb fand.

Zu Zeiten meines Abiturs kam dann die Doppelbelastung, sowohl für meine Mama als auch für mich. Ich war pausenlos am Lernen. Und wenn ich nicht lernte, machte ich Sport. Und wenn ich nicht Sport machte, aß ich meinen Salat oder Joghurt mit Obst.

Mami hingegen machte quasi ihr Abitur mit, da sie mich ununterbrochen abfragen sollte. Als Dank dafür bekam sie meine schlechte Laune und Wutausbrüche ab, wenn mal etwas nicht so lief, wie ich es mir vorgestellt habe. Meine Energie war im Keller, die meiner Mutter jedoch auch.

Ich weiß nicht, was ich an ihrer Stelle gemacht hätte. Ich möchte es mir nicht ausmalen.

Nach dem Abitur versprach ich meinen Eltern, ich würde mich erholen und gesund werden. Ich wollte ja ein Jahr später mit Vollgas in mein Studium starten können. Allerdings nutzte ich das Jahr dafür, um freiwillige Praktika zu absolvieren, meinen Kontostand aufzubessern und natürlich exzessiv Sport zu treiben. Einen Schritt weiter in Sachen gesund werden kam ich nicht. Das Jahr verging wie im Flug und schon stand ich mit beiden Beinen im Studium. Auch in dieser sehr stressigen Phase stand mir meine Mutter immer bei und unterstützte mich, wo sie konnte. Da ich panische Prüfungsangst hatte, begleitete Sie mich zu jeder Prüfung und fieberte ununterbrochen mit. Nach wie vor musste sie meine enormen Stimmungsschwankungen ertragen und nahm sich trotzdem immer Zeit, um mich abzulenken. Das hieß: Shoppen gehen oder irgendwelche Schubladen und Schränke ausmisten, egal ob ihr danach war oder nicht. Am meisten hasste sie aber meine ewigen Aufräumaktionen, bei denen sie natürlich dann mit hantieren musste.

Man hört es raus - ich liebte und liebe es nach wie vor, wenn alles aufgeräumt und sehr sauber ist. Damit brachte ich meine Eltern ständig zur Weißglut. Mein ständiger Perfektionismus war bei uns oft ein Streitpunkt. Mama und Papa waren sogar ganz froh, wenn ich mal sieben Tage in den Urlaub flog und sie zu Hause machen konnten, was sie wollten. Verkehrte Welt, ich weiß.

Ich erinnere mich noch an das Telefonat mit meiner Mutter, als ich in Spanien war. „Mama, wie geht es euch?" „Gut, Laura wir vermissen dich zwar sehr, aber genießen es auch in vollen Zügen, dass niemand meckert, wenn es mal etwas unordentlicher ist. Endlich können wir mal alles liegen lassen." Uff, das saß! War ich wirklich so schlimm?

Zu den Mahlzeiten gab es außerdem immer noch die üblichen heißen Diskussionen um meine Ernährungsgewohnheiten. Ich solle mich nicht nur ausschließlich von Grünzeug ernähren, hieß es. Dies wollte ich aber absolut nicht hören.

Sie schüttelte jedes Mal den Kopf, wenn ich wieder früh morgens das Haus verließ oder ewig im Keller auf meinem Crosstrainer sportelte. Selbst wenn ich krank war, versuchte ich, so gut es eben ging, auch meinen Sport durchzuziehen. Mama konnte das natürlich absolut nicht nachvollziehen und machte mir verständlicherweise eine Szene. Oft lag ich abends im Bett und weinte. Mir wurde immer bewusster, wie sehr ich meine Mama damit reinzog, aber ich konnte einfach nichts dagegen tun. Mir zerriss es jedes Mal das Herz, sie weinen zu sehen. Wir lagen uns oft eng umschlungen in den Armen und weinten gemeinsam.

Ich war ein absolutes Mama-Kind und verbrachte unwahrscheinlich gerne Zeit mit ihr. Oft fragte ich sie um Rat und tauschte mich mit ihr aus.

Da gab es mal eine Situation, die ich nie vergessen werde: Im Teenageralter wollte ich mir unbedingt ein Bauchnabelpiercing stechen lassen. Alle hatten so etwas. Meine Mutter war entsetzt. Sie meinte: „Kind, bist Du Dir bewusst, dass Du dann damit ein Loch in unsere Verbindungsstelle machen lässt?" Damit war die Nabelschnur gemeint. Das gab mir zu denken und ich ließ das Vorhaben sein. Ich gab sehr viel auf ihre Meinung. Nur in Sachen Essen und Sport hatte ich wohl meinen eigenen Kopf, der mich zur Unvernunft verleitete.

Nach dem Studium kam es dann zu meinem Auszug, da ich mit Tobi in unsere erste gemeinsame Wohnung zog. Es war ein riesiger Schritt für mich - gerade die Abnabelung zu meiner Mutter war sehr schwer. Dennoch hatte ich das Gefühl, dass es der richtige Schritt war. In der Zeit erholte sich die Beziehung zu meiner Mama und mir.

Klar, wir telefonierten täglich und sahen uns in der Regel wöchentlich. Dies hat sich bis dato auch nicht verändert. Nun saß man sich nicht mehr permanent auf der Pelle und stritt sich.

Rückblickend betrachtet war es für meine Mama sicher ein schwerer Weg. Nun hatte sie mein Ess- und Sportverhalten nicht mehr im Blick. Andererseits, so finde ich, war es für ihr Wohlbefinden und ihre Gesundheit das Beste.

Unser Verhältnis entspannte sich immer mehr.

So verstrich die Zeit bis zu meiner Hochzeit.

Mama ging natürlich mit mir zusammen mein Kleid aussuchen. Das waren jedoch Momente, in denen sie immer wieder meinen dürren Körper sah und ihr dabei Tränen in die Augen schossen.

Wir fanden für mich ein sehr schönes schlichtes Kleid. Dieses bedeckte vorne vorteilhaft mein Dekolleté. Zusammen mit einem schicken Jäckchen versteckte es zudem jeden meiner einzelnen Knochen sowie meine dünnen Ärmchen.

Der Tag der Hochzeit war wunderschön und man konnte mal all die Sorgen für einen Moment vergessen.

Nach unserer Hochzeitsreise startete dann der Kinderwunsch-Marathon. Mama war nicht gerade begeistert von der Idee. Sie meinte besorgt, ich müsse meinem Körper noch viel mehr Zeit geben. Er könne so kein Kind gebären.

Ich wollte von dem all nichts wissen und zog mein striktes Programm durch. Natürlich hatte sie wieder Recht. Mein Körper war durch die vielen Hormonbehandlungen schlichtweg zerstört. In meiner schlimmsten Phase und nach der Fehlgeburt wog ich acht Kilo weniger als im Jahr zuvor.

Ich war nur noch Haut und Knochen und Mama hatte Todesangst um mich. Wenn sie mich sah, musste sie sofort weinen. Bei jeder Umarmung hatte sie Angst davor, sie könne mich zerdrücken. Ich war ein Hauch von Nichts. Immer wieder sprach sie das Klinik-Thema an, aber ich wollte absolut nicht weg von daheim.

Als mein Mann und ich uns dann entschieden die Therapie zu unterbrechen, damit ich mich von all den Strapazen erholen konnte, war meine Mama sehr erleichtert. Mein Wunsch nach einem Kind konnte sie absolut verstehen. Sie war ja selbst ein großer Familienmensch. Sie litt förmlich mit mir. Sie gab mir jedoch immer wieder zu verstehen, dass ich doch noch jung sei und mir für das Mutter-werden noch genügend Zeit bliebe.

Zudem appellierte Sie auch an meinen Verstand. Für eine Schwangerschaft müsse ich noch einiges an Kilos zunehmen. Mittlerweile war ich mir dessen ja bewusst. Mir fehlte es lediglich immer noch an der Umsetzung, zumal mein enormes Sportpensum keine Gewichtszunahme zuließ.

An manchen Tagen schaffte ich es sogar mehr zu essen oder weniger Sport zu machen. Dennoch hatte ich das Gefühl, ich müsse meiner Mutter dies immer mitteilen, damit sie sah, dass ich an mir arbeitete. Ihr Lob tat mir gut und es spornte mich an.

Wie oben erwähnt, besuchte ich meine Eltern regelmäßig. Jedoch fühlte ich mich unwohl in meiner Haut, wenn wir zusammen am Tisch saßen und aßen. Die beiden aßen nun zu anderen Zeiten, lebten in ihrem eigenen Rhythmus. Ich fühlte mich zudem total beobachtet. Es gab natürlich trotzdem immer wieder ein gemeinsames Essen, entweder zu Hause oder im Restaurant. Dabei sahen sie, dass ich mir wieder nur einen Salat bestellte.

Meine Mama machte sich große Sorgen um meinen gesundheitlichen Zustand, meine heftigen Bauchschmerzen und schlaflosen Nächte. Immer wieder begleitete sie mich zu sämtlichen Arztterminen und wartete stundenlang im Wartezimmer. Sie half mir, wo sie nur konnte.

Mama nahm mir teils das Einkaufen im Supermarkt ab oder half mir im Haushalt.

Während meiner Fortbildungen übernahm sie sogar das Putzen für mich. Sicherlich hätte man auch mal eine Woche ohne Putzen auskommen können. Das hätte aber meinen inneren Monk nicht befriedigt und ich wäre höchstwahrscheinlich noch früher am Morgen aufgestanden. So hätte ich dann noch einen Punkt von meiner To-Do-Liste streichen können.

Mama predigte mir auch immer wieder, ich solle im Job etwas kürzertreten. Das wollte ich jedoch nie. Des Weiteren sprach sie sich immer für eine Kur aus. Dies nicht unbedingt wegen des Essens, sondern einfach wegen meiner ganzen gesundheitlichen Probleme. Allerdings wollte ich partout nicht weg aus meiner gewohnten Umgebung.

Mein Mann und ich hatten uns ja schon immer mal während des Kinderwunsches durch den Kopf gehen lassen, ob wir nicht in der Zukunft, ein Kind adoptieren wollten. Meine Mama fand diese Idee klasse. Sie war absolut davon überzeugt, dass wir super Eltern wären und dieses Kind auch wie ein eigenes lieben würden. Sie meinte letztens sogar: „Laura, ich fühle, dass das mit der Adoption klappt und ihr dann in ein paar Jahren ohne Kinderwunschzentrum noch ein leibliches Kind bekommt." Man hört ja öfter, dass Paare, die bereits mit ihrem Kinderwunsch abgeschlossen hatten, dann ohne den vorherigen Druck und Stress, auf einmal doch ein Kind erwarteten. Wir werden sehen, was passiert.

Das derzeitige Verhältnis zu meiner Mama ist sehr gut. Sie sieht, dass ich Fortschritte mache, es mir besser geht und ich mehr auf mich achte. Der reduzierte Sport in Kombination mit mehr Essen fruchtet. Natürlich macht sie sich noch immer große Sorgen um mich, aber ich merke, dass es ihr psychisch besser geht. Wir haben nach wie vor noch täglich Kontakt und sehen uns mindestens einmal in der Woche. Wir helfen uns gegenseitig, haben immer was zu bequatschen oder zu lachen. Ich freue mich jedes Mal mit ihr Zeit zu verbringen. Klar, ich bin noch nicht am Ziel. Aber es tut gut zu wissen, dass man immer jemanden hat, der einem den Rücken stärkt.

Mama zweifelte häufig an sich selbst und fragte sich immer wieder, was sie falsch gemacht habe und ob sie meine Krankheit hätte aufhalten können. Dazu kann ich nur sagen: „Nein, Mama, du hast alles richtig gemacht, es lag nicht an dir. Die Krankheit kam wie jede andere Krankheit und niemand konnte etwas dafür. Ich bin so dankbar, dass du mich in den schlimmen Phasen ertragen hast und immer für mich da warst. Du bist so eine wundervolle Mama und ich liebe dich über alles. Danke für alles! Ich bin immer für dich da!!!!"

3. Die Beziehung zu meinem Papa und die Verbindung zum Fußball

Nun wisst ihr ja schon ziemlich viel über mich, sodass es mir schwerfällt, euch nichts doppelt zu erzählen. Jedoch kommen wir jetzt zu einer Thematik, die mich in meinem bisherigen Leben sehr beschäftigt hat.

Wie ihr wisst, war ich ein absolutes Wunschkind. Auch mein Papa war voller Stolz, als ich auf die Welt kam. Er stellte mit mir viel Blödsinn an und brachte mir als erstes Wort den Namen seines Lieblingsfußballvereins bei. Da er schon immer sehr viel und hart arbeitete, sah er mich meistens nur am Wochenende. Ich schlief schon, wenn er von der Arbeit nach Hause kam.

Er hatte einen hohen Posten und so auch eine große Verantwortung zu tragen.

Jedoch ermöglichte er meiner Mutter und mir ein sehr unbeschwertes Leben. Wir genossen gemeinsam sehr viele tolle Urlaube und mir fehlte es an nichts. Jedenfalls an nichts Materiellem.

Ich lernte schnell, dass ich leise sein musste, wenn Papa schlief oder telefonierte und fixierte mich sehr auf meine Mama, die mich immerhin den kompletten Tag bespaßen musste.

Als ich fünf Jahre alt war, zogen wir, aus beruflichen Gründen meines Vaters, um. Dies bedeutete für ihn eine große Chance. Jedoch tat es ihm auch weh, da er uns aus unserem Freundeskreis und Umfeld riss.

Wir zogen von einer Dreizimmerwohnung in ein Haus mit mehreren Etagen und hatten zudem einen eigenen Garten.

Meinen Papa sah ich allerdings noch weniger als zuvor. So genoss ich es immer richtig, wenn er zuhause war und ich mit ihm kuscheln konnte. Ich schaute immer zu ihm auf - er war einfach mein Held.

Ich liebte es, wenn mich Papa am Wochenende mal mit in sein Büro nahm und ich ihm „helfen" durfte. Im Nachhinein habe ich ihn sicher mehr gestört als ihn unterstützt, aber für mich war das immer ein großes Highlight. Auch die großen Veranstaltungen, die oft an den Wochenenden anstanden, fand ich immer super aufregend, sie bereiteten mir große Freude. So kam ich auch oft mit berühmten Persönlichkeiten in Kontakt und sammelte fleißig Autogramme.

Ich interessierte mich für Fußball, weil mein Papa Fußballfan war, und ich schaute Formel 1, weil mein Papa Formel 1 schaute. Alles was Papa machte und gut fand, fand ich auch gut. Dann kam irgendwann die Zeit, in der mein Vater noch seltener zu Hause war und immer gereizter wurde. Ich traute mich kaum ihn anzusprechen, da er immer sehr schnell an die Decke ging. Am Wochenende schlief er entweder bis zum Mittag, um seinen Schlaf nachzuholen. Oder er arbeitete. Ein Ausflug oder eine Unternehmung war eine Seltenheit. Auf Verabredungen mit Freunden hatte er auch kaum Lust, da er einfach seine Ruhe brauchte. Mama meinte dann immer: „Lass Papa bitte schlafen."

Als ich elf Jahre alt war, musste Papa aus gesundheitlichen Gründen in eine Kur. Ihm ging es sehr schlecht und ich machte mir sehr viele Sorgen und hatte schreckliche Angst um ihn.

Ich weiß noch, dass wir ihn damals besuchten und ich ihm mein absolutes Lieblingskuscheltier daließ, welches ich sogar noch heute besitze. Ich war zu klein, um das Ausmaß seiner damaligen Situation genau einordnen zu können.

Ich durfte sehr lange im großen Ehebett mit Mama schlafen. Das genoss ich total. Jedoch fragte ich täglich nach meinem Papa und vermisste ihn fürchterlich.

Da Papa ja schon immer ein Fußballfan war, sponserte er mit der Firma einen Verein in Frankfurt. Nach einer Weile wurde er dort ein Teil des Vorstandes und so kam es, dass er sich jedes Wochenende das Spiel der ersten Herrenmannschaft anschaute. Er nahm Mama und mich gelegentlich in den VIP-Raum mit und wir hatten Gefallen daran. Es gefiel mir besonders, dass wir endlich gemeinsam als Familie etwas unternahmen. So bürgerte es sich ein, dass wir jeden Samstag zusammen auf dem Sportplatz standen. Egal ob es sich um ein Auswärts- oder Heimspiel handelte.

Man kannte sich mittlerweile und schloss Freundschaften untereinander.

Als mir mein Vater eines Tages die Mädchenmannschaft des Vereins zeigte, war ich mir sicher, dass ich auch Fußball spielen wollen würde. Nach einem Probetraining war ich Feuer und Flamme und so begann meine „Fußball-Laufbahn". Besonders gefallen hatte mir daran jedoch, dass Papa das so toll fand. Ich liebte und genoss es richtig, wenn mich mein Vater lobte.

So standen wir als Familie nicht nur samstags gemeinsam auf dem Fußballplatz, sondern auch sonntags bei meinem Spiel. Er feuerte mich von der Seitenlinie an und gab mir hinterher Tipps, was ich hätte besser machen können und lobte mich, wenn ich besonders gut gespielt hatte.

Ich freundete mich schnell mit den Mädels dort an und es war eine super-tolle Zeit. Da die erste Frauenmannschaft in der Bundesliga spielte, durften wir an deren Spieltagen oft mit einlaufen oder am Rand Ballmädchen sein. Wie ihr merkt, unsere Freizeit spielte sich pausenlos auf dem Fußballplatz ab. In meiner Mannschaft spielte unter anderem ein türkisches Mädchen, mit der ich mich super verstand. Sie kam des Öfteren sogar zu mir mit nach Hause und wir spielten oft zusammen. Mein Vater mochte sie auch sehr. Er machte es sich daher zur Aufgabe, sie in jeglicher Hinsicht zu unterstützen, da sie es privat sehr schwer hatte. Er förderte ihr Fußballtalent und besuchte sie ohne mich auch öfter bei ihrer Familie. Anfangs empfand ich dies noch nicht als komisch. Als dies jedoch immer mehr wurde, fand ich das nur noch doof. Immerhin hatte mein Vater unter der Woche eh kaum Zeit. Und wenn er Zeit hatte, verbrachte er diese dann bei einer anderen Familie?

Als ich ihn darauf ansprach, wurde er wütend und sagte zu mir, dass ich verwöhnt sei und keinen Grund habe zu meckern. Eigentlich mochte ich das Mädchen sehr, jedoch staute sich eine gewisse Wut auf sie an. Sie verstand gar nicht, wieso ich sie auf einmal mied. Ich war eben einfach nur neidisch auf sie. Mein Vater verbrachte mehr Zeit mit ihr als mit mir. Wenn sie zum Spielen bei mir war, hing sie ständig an meinem Papa und wollte gar nicht mehr mit mir was zu tun haben. Mein Vater tat dagegen nichts, im Gegenteil, er genoss das in vollen Zügen.

Leider kam es dann dazu, dass sich der Verein von der Frauenabteilung trennte, und wir uns quasi einen neuen Verein suchen mussten. Das gemeine war jedoch, dass mein damaliger Trainer mit allen Spielerinnen eine neue Fußballmannschaft aufbaute. Allerdings erzählte er zwei weiteren Spielerinnen und mir nichts davon. Der Grund dafür stellte sich kurze Zeit später heraus. Mein Vater und mein Co-Trainer waren sehr gute Freunde und hatten nicht das beste Verhältnis zum Trainer. Und so entschied dieser, die beiden Töchter sowie das türkische Mädchen auszuschließen.

Ihr könnt euch nicht vorstellen, wie die Situation eskalierte, als das rauskam. Ich kann mich noch genau an den Tag erinnern, als wäre es gestern. Das Schlimme war, dass mein damaliger Trainer allen das Sprechen darüber verbot. So zog er indirekt die anderen in die ganze Misere mit hinein. Er hatte nicht mal einen Gedanken daran verwendet, was er uns damit antat.

Ich fühlte mich verraten und hintergangen und heulte tagelang. Immerhin hatte ich dort super Freundschaften geschlossen, die im Nu zerstört wurden. Ich war noch zu jung, um zu wissen, dass meine Freundinnen dafür gar nichts konnten und quasi gar keine andere Chance hatten, als all dem zuzustimmen.

Ab sofort waren wir keine Freunde mehr, sondern nur noch „Gegner." Da das türkische Mädchen, die Tochter des Co-Trainers und ich zu einem anderen Verein in Frankfurt wechselten, war es nur eine Frage der Zeit, bis die Mannschaften gegeneinander spielten.

Wir lebten uns dort im neuen Verein gut ein. Die Truppe war total offen und super sympathisch. Ich lernte neue tolle Mädels kennen, vor allem das eine Mädchen, von dem ich euch schon im Haupttext erzählte und die mit Abstand zu meinen besten Freundinnen gehörte.

Nach wie vor engagierte sich mein Vater noch in der Herrenmannschaft des alten Vereins. Jedoch hatte er bei meinem neuen Verein so viel Spaß, dass es nicht lange dauerte und er zum Co-Trainer meiner Mannschaft erkoren wurde.

Viele denken vielleicht jetzt, dass ich daraus Vorteile gezogen habe. Das war jedoch eher das vollkommene Gegenteil.

Wir hatten uns oft in den Haaren, zu dem sträubte ich mich, seine Tipps anzunehmen. Unser Vater-Tochter-Verhältnis, was anfangs durch den Fußball total eng war, begann zu bröckeln. Das große Problem war aber nach wie vor seine Fürsorge für das türkische Mädchen. Immerhin waren wir mittlerweile 16 Jahre alt. Jedoch nutze er jede freie Sekunde, um sich mit ihr zu treffen, bzw. sich bei deren Familie aufzuhalten. Ich weinte oft daheim und verstand die Welt nicht mehr. Wieso tat er das? Genügte ich ihm als Tochter nicht? Bin ich eine schlechte Tochter? Warum wollte er keine Zeit mit mir verbringen?

Was ich vor allem nicht verstand: Warum unternahm er nichts mit Mama? Oft ging sie allein zu Geburtstagen von Freunden oder Feiern im Ort. Was heißt oft, eigentlich immer. Papa hatte keine Lust, war zu müde oder erschöpft. Oder er trieb sich auf dem Fußballplatz herum. Meine Liebe zum Fußball schwand. Ich entwickelte eher einen Hass gegen ihn und diesen Verein. Zum Glück hatte ich damals meine gute Freundin aus der Mannschaft, die meiner Ansicht war und zu mir stand.

Abseits vom Fußball war die Stimmung daheim sehr kühl. Ich merkte, dass das Verhältnis meiner Eltern nicht mehr so war wie früher. Mama fand die Situation mit dem türkischen Mädchen auch total übertrieben und unverständlich. Aber was sollte sie machen? Sie besänftigte mich und ließ sich ihren Unmut vor mir nicht groß ansehen. Sie versuchte mir die Situation immer zu erklären, aber ich kam damit absolut nicht klar. Ich war einfach wütend und unglaublich neidisch. Warum? Weil ich meinen Vater abgöttisch liebte und nicht teilten wollte. Vor allem nicht mit einem „fremden" Mädchen.

Papa kam abends nun noch später nach Hause und ich sah ihn kaum noch. Ich glaube, ich hätte ihn am liebsten komplett ignoriert. Nur das lästige Schulfach Latein hielt mich davon ab.

Ihr müsst wissen, dass mein Vater ein absoluter Profi in diesem Gebiet ist und ich nun mal eine absolute Niete war. So musste ich immer über meinen Schatten springen und ihn um Hilfe beim Lernen oder der Hausaufgaben bitten. Es kostete mich super viel Überwindung.

Da kommen wir zum nächsten Streitpunkt. Mein Vater schlief am Wochenende immer bis in den Mittag (außer es ging um den Fußball), sodass ich ewig warten musste, um nach Hilfe zu fragen. Für mich, die Ungeduld in Person, war das die absolute Hölle. Immerhin war ich Frühaufsteherin und wollte so schnell wie möglich alles erledigt haben. Saßen wir dann endlich gemeinsam am Tisch und er versuchte mir etwas beizubringen, verlor er sofort die Geduld, wenn ich es nicht auf Anhieb verstand. Meist endete die Sache so, dass wir uns anbrüllten, ich heulend in mein Zimmer rannte und meine Mama uns beide besänftigen musste.

Ich fand es unheimlich gemein, weil ich immer das Gefühl hatte, dass Mama eher zu Papa halten würde. Im Nachhinein wollte sie es aber immer beiden Recht machen, was absolut unmöglich war und wir sie unbewusst in eine gemeine Lage brachten, was mir nachträglich absolut leidtut.

Es gab zwischenzeitlich immer mal Phasen, in denen sich meine Wut gelegt hatte. Papa erlaubte generell viel mehr als meine Mutter und holte mich gelegentlich um 2.00 Uhr nachts noch von irgendwelchen Partys ab. Er steckte mir immer etwas mehr Taschengeld zu oder kaufte mir unterwegs schöne Sachen. Das genoss ich sehr und war froh, dass ich nicht an mein Erspartes ran musste. Doch irgendwann kam mir der Gedanke, ob er sein schlechtes Gewissen damit besänftigen wolle? Ich weiß es wirklich nicht und möchte ihm so etwas auch nicht unterstellen.

Die gute Stimmung war allerdings sofort wieder vorbei, wenn es um das Thema Fußball und damit auch um das türkische Mädchen ging. Wenn er sich nicht in der Nähe der türkischen Familie aufhielt, telefonierte er pausenlos mit ihnen. Oder er simste mit ihnen. In mir kochte einfach nur noch die Wut. So entschloss ich mich eines Tages das Fußballspielen an den Nagel zu hängen. Ich konnte und wollte das türkische

Mädchen nicht mehr sehen, und schon gar nicht zusammen mit meinem Papa. Außerdem begann zu dieser Zeit meine Magersucht.

Im Gegensatz zu meiner Mutter sah mein Vater das anfangs nicht so dramatisch. Er dachte, es sei lediglich eine normale Phase eines Teenagers. Im Nachhinein glaube ich, dass er es alles nicht wahrhaben wollte. Wieso sollte seine Tochter magersüchtig sein? Sie hätte keinen Grund dazu.

So vergingen Monate. Papa kam ab und zu auf mich zu und wir redeten über das Thema. Er erklärte mir, dass Mama bloß Angst um mich habe und sie deswegen immer so heftig reagieren würde.

Ich fand es aber damals cool, dass er ebenso wie ich auch nichts von den Therapiesitzungen hielt und diese für unnötig ansah.

Nachdem ich mit dem Fußballspielen aufgehört hatte, wurde die Stimmung zu Hause etwas besser. Dies bedeutete aber nicht, dass Papa weniger auf dem Fußballplatz war. Nicht zu wissen, was er ab diesem Zeitpunkt dort trieb, fühlte sich nicht gut an. Immerhin hatte ich ihn wenigstens im Training und bei den Spielen „im Blick." Eines Tages konnte ich nicht mehr anders und schrie ihn mit allen Vorwürfen und Sorgen an. Ich warf ihm alles Mögliche an den Kopf. Meinen Tränen ließ ich freien Lauf. An seinen Gesichtsausdruck kann ich mich noch genau erinnern. Sichtlich geschockt und bleich nahm er mich in seine Arme. Minutenlang konnte ich mich einfach nicht beruhigen. Ich liebte meinen Papa doch so unendlich. Hassen wollte ich ihn doch nicht. Zeit wollte ich mit ihm verbringen, ihn lieben und mit ihm einfach nur lachen. Und natürlich auch von ihm geliebt werden. Ab diesem Zeitpunkt hatte er wohl wirklich gemerkt, dass er einen Schritt zu weit gegangen war. Im Nachhinein betrachtet, hätte Papa sich wahrscheinlich von Mama und mir mehr Aufmerksamkeit und Anerkennung gewünscht. Da er dies zu Hause nicht bekam, holte er sich seine „Streicheleinheiten" außerhalb. Denn im Verein wurde er von vielen Leuten regelrecht angehimmelt, sein Können und seine Hilfsbereitschaft sehr geschätzt. Dies sind meinerseits allerdings Vermutungen. So könnte ich mir sein Verhalten erklären. Vielleicht hätten wir einfach gemeinsam früher und öfter das Gespräch suchen sollen. Aber hinterher ist man ja bekanntlich immer schlauer.

Leider überschatteten meine Magersucht und mein dann anstehendes Abitur dieses Thema. Ich hatte mit mir selbst meinen Kampf.

In dieser Phase übernahm mein Papa die Funktion meines persönlichen Geschichtslehrers. Genau wie im Fach Latein, verfügte er über einen großen Umfang an Wissen und konnte mir bei allen Fragen helfen.

Wenn wir heute zusammensitzen und uns an die Zeit erinnern, lachen wir darüber. So hatte ich ihn doch damals permanent mit tausend Fragen genervt. Außerdem belagerte ich ihn schon früh morgens mit meinem „orangen Ordner". In diesem befanden sich zu dieser Zeit meine Geschichtssachen.

Als ich dann ein paar Monate später auf der Bühne stand und als eine der besten Abiturientinnen im Jahrgang geehrt wurde, war er unheimlich stolz auf mich. Ich genoss es in vollen Zügen. Mein Papa war stolz auf mich. Mama, er und Oma begleiteten mich zu meinem Abiturball und der Abend war einfach total unbeschwert. All die Sorgen konnte ich mal für einen Moment hinter mir lassen.

Nun begann allerdings die Zeit, in der sich auch mein Papa unheimliche Sorgen um meine Gesundheit machte. Jetzt bemerkte er wohl auch, dass es sich bei mir doch nicht nur um eine Phase handelte. Papa sah, dass ich ernsthaft krank war.

Er sprach mir oft ins Gewissen und wurde schnell laut, wenn es um das Thema ging. Aber es gab auch diesen einen Abend, an dem wir uns beide weinend in den Armen lagen. Inständig bat er mich darum, mehr auf mich und meinen Körper zu achten. Er forderte mich auf, endlich wach zu werden, das Problem ernst zu nehmen und es so schlussendlich in den Griff zu bekommen. Ich versprach ihm, dass ich weiterkämpfen wolle. Außerdem wolle ich alles dafür tun, mein Problem zu lösen. Dieses Versprechen konnte ich nur bedingt einhalten.

Mein Vater ging zwar weiterhin zum Fußball, der Kontakt zu dem türkischen Mädchen wurde jedoch mit der Zeit immer geringer. Sie hatte ihr Leben nun sehr gut im Griff. Sie stand auf eigenen Beinen. Des Weiteren hatte sie jetzt auch einen Freund, mit dem sie viel Zeit verbrachte.

Mit der Zeit ließ bei meinem Papa das Interesse am Fußball nach. Er ging nur noch gelegentlich zu den Spielen. Er stürzte sich wieder mehr in seine Arbeit. Das wirkte sich dann natürlich auf seine Gesundheit aus.

Im Dezember 2014 waren meine Eltern gemeinsam auf eine Geburtstagsfeier eingeladen. Mein Papa ging es gesundheitlich nicht so gut und hatte deswegen auch keine große Lust darauf. Aber er wollte meiner Mutter nicht wehtun und ihr einen Gefallen tun. So gingen sie gemeinsam zu dieser Feier. Währenddessen saß ich in meinem Zimmer und büffelte für mein Staatsexamen. Dieses sollte im Februar 2015 beginnen. Plötzlich klingelte das Telefon. Mein Papa war dran. „Laura, kannst du mich bitte abholen? Mir geht es nicht so gut." Anfangs dachte ich, er habe einfach keine Lust und würde sein Unwohlsein vortäuschen. Doch als ich ihn und Mama dann abholte, war er kreidebleich.

Als wir zu Hause ankamen, legte er sich sofort erschöpft auf die Couch. Für ihn tun könne ich nichts, meinte er auf meine Nachfrage hin. Ihm ginge es einfach nicht gut und wolle etwas schlafen. Ich widmete mich wieder meinem Lernstoff, doch die ganze Zeit hatte ich ein komisches Gefühl.

Da ich mich nicht darauf konzentrieren konnte, ging ich voller Sorge wieder hinunter ins Wohnzimmer. Meine Sorgen bestätigten sich, als ich ihn blasser als eine weiße Wand auf unserer Couch sitzen sah. Meine Mutter saß bereits neben ihm und maß mit dem Blutdruckmessgerät seinen Blutdruck. Der Schreck war ihr ins Gesicht geschrieben, so schlecht waren die Werte. Sofort riefen wir den Notarzt an.

Kurze Zeit später - für uns eine gefühlte Ewigkeit - erreichte uns der Notarzt und und nahm Papa sofort ins hiesige Krankenhaus mit. Am gleichen Abend wurde er auch schon operiert. Diagnose: Herzinfarkt.

Hier muss ich ergänzen, dass er circa sechs Wochen zuvor schon einmal im Krankenhaus war. Bei diesem „Besuch" wurde festgestellt, dass er sich einen TIA- eine Vorstufe eines Schlaganfalls - zugezogen hatte. Von diesem hatte er sich allerdings zum Glück sehr schnell erholt. Folgeschäden trug er nicht davon.

Ich war ganz krank vor Sorge. Kannte ich doch solche Schicksale und Krankengeschichten nur aus dem Fernsehen. Dort waren diese immer weit weg. Und nun traf es unserer Familie hautnah. Papa war jahrelang starker Raucher, hatte jedoch zwei Monate vor dem Vorfall mit dem Rauchen aufgehört, jedoch der ganze berufliche Stress, dazu die Unausgeglichenheit und unregelmäßige Ernährung brachten das Fass zum Überlaufen. Papa hatte jahrelang immer Vollgas gegeben, musste viel Druck standhalten und hat enorm viel geleistet - seine Akkus waren einfach leer und sein Herz sendete Alarmsignale.

Kurze Zeit später wurde er in eine Rehaklinik verlegt.

Als er danach wieder nach Hause kam und mit dem Arbeiten begann, stellte er fest, dass das Arbeiten seiner Gesundheit nicht mehr förderlich war. Schweren Herzens entschloss er sich schließlich dafür, seine Arbeit niederzulegen und vorzeitig in Rente zu gehen. Ich kann mir vorstellen, dass ihm diese Entscheidung nicht leichtgefallen war. Für seine Gesundheit war es aber auf jeden Fall der richtige Schritt gewesen. Und stellt euch vor: Nach seinem Herzinfarkt wurde mein Papa zu einem neuen Menschen.

Er griff weiterhin nicht zur Zigarette, stellte seine Ernährung komplett um. Zudem trank er keinen Schluck Cola mehr (diese konsumierte er vorher wie andere Leute das Wasser) und begann mit einem leichten Sporttraining. Er war super drauf, interessierte sich auf einmal für den Garten und machte regelmäßig Ausflüge mit meiner Mutter. Er plante tolle Reisen, welche er mit meiner Mama kurz darauf antrat.

Selbst seine sozialen Kontakte baute er aus. Man sah richtig, dass es ihm von Tag zu Tag besser ging.

Nach einer Weile nahm er stundenweise einen Beraterjob an. Das machte ihm total Spaß und gab ihm das Gefühl wieder „gebraucht" zu werden. Ich fand das unheimlich toll und mutig von ihm. Hatte er doch jahrelang einen großartigen Job gemacht. So konnte er seine Erfahrungen und sein Wissen an andere weitergeben. Mein Papa übt diese Beratertätigkeit aktuell auch noch aus. Wir befinden uns also in der Gegenwart. Ja, meinem Vater geht es nach wie vor richtig gut und unser Verhältnis zueinander ist besser denn je.

Mit Tobi versteht sich mein Papa auch sehr gut. Wir unternehmen gerne zu viert etwas. Ab und zu kommen meine Eltern auch bei uns vorbei und wir sitzen zusammen oder bestellen uns etwas zum Essen.

Selbstverständlich waren das nur kleine Begebenheiten aus meinem Leben und dem Verhältnis zu meinem Vater. Es gibt auch viele lustige Anekdoten. Zum Beispiel, als wir das erste Mal auf dem ADAC-Übungsplatz waren. Während ich ordentlich aufs Gas trat, saß er panisch auf dem

Beifahrersitz. Oder das besondere Weihnachtsfest, an dem er mir stolz mein erstes Auto schenkte. Dieses parkte er mit einer riesigen roten Schleife vor unserer Haustür. Und nicht zu vergessen, die vielen tollen gemeinsamen Urlaube mit vielen witzigen Ereignissen. Er hatte mich immer in meiner schulischen sowie beruflichen Laufbahn unterstützt. Stets stand er mir mit Rat und Tat zur Seite.

Zudem müsst ihr auch wissen, dass mein Papa und ich uns sehr ähnlich sind. Beide perfektionistisch, unfassbar stur und ungeduldig. Es war immer eine Frage der Zeit, wann wir uns wieder in den Haaren hatten. Aber in welcher Familie gibt es keine Streitigkeiten? Jede Familie hat nun mal ihre eigene Geschichte. Trotz der vielen Vorkommnisse - oder gerade deswegen - liebe ich meinen Papa unglaublich. Ich bin froh und stolz seine Tochter zu sein.

Ach, und jetzt werdet ihr lachen: Mittlerweile bin ich auch wieder im Kontakt mit dem türkischen Mädchen von damals. Wir schreiben uns öfter mal. Ich denke, sie hat damals die Situation nicht einordnen können und weiß sicherlich bis heute noch nicht, wie sehr mich das alles damals belastet hat.

Was meinen Papa angeht: In den letzten Jahren engagiert er sich sehr in der Flüchtlingshilfe hier im Ort. Er unterstützt besonders eine Familie, die uns zwischenzeitlich sehr ans Herz gewachsen ist. Im Gegensatz zu früheren Zeiten besuchen meine Eltern diese meistens zusammen. Der Kontakt hält sich in einem normalen Rahmen. Selbst ich habe schon den Kindern Nachhilfe in der Schule gegeben oder ihnen mit einer Kleinigkeit Freude bereitet.

Zusammenfassend zeigt dies außerdem ja nur, wie groß das Herz meines Vaters ist und darauf bin ich verdammt stolz.

4.) Mein Essverhalten und meine Lebensmittelallergien

Mir wird es keiner glauben, aber ich war ein richtig dickes Baby. Mein Vater meinte damals wohl immer, ich würde aussehen wie eine Kugelstoßerin. Sie nannten mich „Speckowskaja", worüber sie sich heute noch herzhaft amüsieren können. Mein Babyspeck verschwand endgültig, als ich mit dem Laufen begann. So bekam ich eine normale und schlanke Figur, die dann für mein entsprechendes Alter und meine Größe passte.

Von Kindheit an hatte ich schon Probleme mit Milchprodukten. Es gab Phasen, in denen es mal mehr und mal weniger zum Tragen kam. Bauchweh oder Blähungen waren dann immer an der Tagesordnung. Diese vergingen aber nach einer Zeit auch wieder.

Wenn ich so zurückblicke, kann ich festhalten, dass mein Essverhalten im Kindesalter absolut normal war. Wie jedes Kind liebte ich Spagetti, Pommes und Schnitzel, aß in Maßen auch Süßes und mochte kaum Gemüse. Meine Eltern achteten jedoch auf eine ausgewogene Ernährung. So bekam ich zwischendrin meist viel Obst klein geschnitten. Ich bekam auch mal eine Auswahl an Gemüsesorten, die ich mochte.

Wir hatten immer was zum Naschen daheim, jedoch musste ich vorher fragen, wenn ich etwas haben wollte. Komischerweise hatte ich nie den großen Drang an diese Schublade zu gehen. Da es mir nicht verboten wurde, war das Verlangen vielleicht danach einfach nicht so groß. Jedoch genoss ich Essen in vollen Zügen und schlug an Kindergeburtstagen oder bei Feiern auch gern mal über die Stränge. Ich machte mir aber über das Essen nie Gedanken.

Das Highlight damals war ein Besuch bei dem großen gelben M. Das passierte vielleicht im Jahr vier Mal und meist auf der Fahrt in den Urlaub. Ansonsten kochte meine Mama frisch oder wir aßen auch einfach mal eine Tiefkühlpizza.

Wenn ich bei meiner Oma in Limburg zu Besuch war, wusste ich genau wo die Süßigkeiten lagen. Opa füllte die Schublade immer mit meinen Lieblingssachen, wenn er wusste, dass ich kam.

Im Sommer gab es natürlich jede Menge Eis und im Schwimmbad gerne Pommes rot/weiß. Oder eine gemischte Naschtüte. Viele von euch erinnern sich sicherlich an diese tolle unbeschwerte Zeit zurück.

Generell habe ich viel Wasser getrunken. Aber es hab natürlich auch Apfelschorle oder - zu besonderen Anlässen - eine Fanta, Sprite oder später dann auch mal ein halbes Glas Cola. Alles jedoch in Maßen.

Auch als Teenager machte ich mir über mein Essverhalten und meine Figur keine Gedanken. Ich aß, worauf ich Lust hatte. Ich war nie ansatzweise dick und hatte durch meinen Sport so auch keine Probleme mit meinem Gewicht.

Ich kann es gar nicht fassen, wie unglaublich entspannt mein Leben vor meinem Essproblem war. Gedanken um mein tägliches Essen machte ich mir nicht. Wenn ich bei meinen Freunden mal zum Mittagessen eingeladen war, konnte ich das Essen genießen. Und das, ohne vorher nachgefragt zu haben, was es denn gäbe. Und ich musste mir auch keine Extra- Mahlzeit mitnehmen. Es bestand keine Angst darüber, dass mir das Essen nicht zusagte oder nicht meinen Vorstellungen entsprach.

Als ich ins Teenager-Alter kam, wollte man natürlich den Jungs gefallen. Nicht eine Sekunde hatte ich den Gedanken, ich könne zu dick sein.

Gewogen hatte ich mich auch nie. Mein Gewicht war für mich nicht von Interesse. Wenn mir meine Klamotten nicht mehr passten, freute ich mich. Denn das hieß, es gab neue! Mein Leben war einfach super entspannt. Unglaublich, dass ich dies all die Jahre über hätte weiterhin haben können. Mein Kopf entschied sich dann leider für einen anderen Weg.

Im Laufe der Zeit kam ich dann auf den Trip mit dem Fitnesswahn. Ich las viel über Ernährung und Training, aber noch nicht einmal das brachte mich zum Umdenken. Nie zuvor hatte ich irgendwelche Shakes getrunken oder eine dieser angesagten Diäten gemacht. Ich hatte mich immer wohl in meinem Körper gefühlt.

Leider kann ich euch nicht mehr genau sagen, wann der Beginn des Fiaskos war. Es muss auf jeden Fall in der elften Klasse gewesen sein. Ich war süße 17 Jahre alt. Eines Morgens stand ich vor dem Spiegel und mein Kopf sagte mir: „Laura, ab heute gibt es nur noch 1000 Kilokalorien am Tag und mehr nicht."

Gesagt – getan! So strich ich sämtliche Lebensmittel von meiner Liste, sortierte sie neu und aß nur noch ausgewähltes Obst, Gemüse und Knäckebrot mit fettfreiem Aufstrich. Zum Mittagessen gab es dann auch meist nur einen Salat. Meine Mama war sofort besorgt und fragte gleich nach, ob alles in Ordnung bei mir sei. Antworten bleib ich ihr dann schuldig.

Ich führte ein geheimes Essenstagebuch, in das ich jeden Tag haarklein aufschrieb, was ich zu mir nahm. Dieses Büchlein versteckte ich dann vor meinen Eltern. Ab dem Zeitpunkt fing mein Kopf an zu rattern. Ich hatte pausenlos nur noch Zahlen in meinem Kopf und es war alles unheimlich anstrengend.

Meiner Mutter eröffnete ich, dass ich ab sofort für die Schule nur noch einen Apfel und ein Knäckebrot mitnehmen wolle. Die Diskussionen darüber könnt ihr detailliert in dem Abschnitt 2) „Die Beziehung zu meiner Mama" nachlesen.

Nach vielleicht zwei Woche stellte ich fest, dass meine Hosen anfingen zu rutschen. In der Schule sprach man mich an, ob ich abgenommen habe. Dieses Gefühl der Aufmerksamkeit begann ich zu genießen.

Allerdings ging es mir zunehmend schlechter und ich fühlte mich einfach nur schlapp und ausgelaugt. Selbst Treppensteigen war mittlerweile für mich anstrengend. Meine Mutter machte sich immer mehr Sorgen und schleppte mich dann direkt zur Ärztin. Bei ihr musste ich mich dann regelmäßig auf die Waage stellen. Sie telefonierte viel herum und vereinbarte dann einen Termin beim Psychotherapeuten. Sie ließ einfach nichts unversucht.

Das Essen wurde nun zur Qual für mich. Meine auferlegte 1000-Kilokalorien-Challenge forderte mich jeden Tag heraus. Aber es wurde besser. War ich doch mittlerweile zur Expertin in Sachen Lebensmittel und deren Nährwertangaben mutiert. Im Supermarkt stand ich gefühlt stundenlang vor den Regalen, da ich mir die Lebensmittel jetzt genau anschaute. Meine Kilos purzelten enorm.

Das Gefühl, angeschaut zu werden, genoss ich weiterhin sehr. In mir kam ein regelrechtes Hochgefühl auf, wenn ich wieder in eine kleine Konfektionsgröße passte. Viele sprachen von Magersucht. Doch das schmetterte ich immer wieder ab. Wie könne ich magersüchtig sein, wenn ich doch nur auf mich und „etwas" auf meine Ernährung achtete?

Ganz ehrlich, auch wenn ich gemerkt hätte, dass mir meine Hosen nicht mehr passten und die Waage immer weniger Gewicht anzeigte, ich wollte es einfach nicht wahrhaben.

Ich geriet in einen Teufelskreis und das ging alles furchtbar schnell. Im Spiegel sah ich ein normal gewichtiges Mädchen und keine dürre Laura.

Der Zwang auf die Waage zu steigen war dann der nächste Schritt. Zu Beginn erst wöchentlich, dann täglich. Jedes Kilo weniger machte mich unheimlich happy. Die späteren Konsequenzen waren bis dahin für mich einfach unsichtbar. Vielleicht blendete ich diese einfach auch nur gekonnt aus.

Pausenlos war ich müde und lustlos. Ein gemeinsames Essen mit Freunden war mir kaum möglich. Ständig fühlte ich mich beobachtet. Außerdem hatte ich mittlerweile feste Uhrzeiten, zu denen ich aß, sodass diese meistens nicht übereinstimmten. Nicht mal mehr ein Bonbon gönnte ich mir. Meine Süßigkeiten waren nun quasi mein Obst mit Joghurt. Im Kino schlürfte ich an meinem Wasser, während die anderen sich an Popcorn, Nachos und Cola labten. Beim weihnachtlichen Plätzchen backen naschte ich nicht am Teig und aß auch kein einziges Plätzchen. Selbst wenn jemand Geburtstag feierte, lehnte ich das Stückchen Kuchen ab.

Mittlerweile wusste meine Mutter nicht mehr, was sie kochen sollte. Ich erinnere mich jedoch daran, dass es auch Phasen gab, in denen ich sogar mal ein Stück Pizza gegessen hatte. Oder einen Pfannkuchen mit Obst. Jedoch alles immer in sehr geringen Mengen und dies dann mit der Konsequenz, dass ich dann eben abends kaum mehr was aß. Eventuell einen Salat, den gönnte ich mir dann noch.

Mit der Zeit entwickelte ich auch immer mehr Lebensmittelallergien. Ich vertrug kaum mehr Gluten und meine Laktoseintoleranz kam auch wieder verstärkt zum Vorschein. Auf den Geschmacksverstärker Glutamat reagierte ich mit enormen Magenkrämpfen und zuletzt kam eine Histamin-Unverträglichkeit hinzu. Mein Körper wehrte sich strickt gegen diese Lebensmittel. Doch war es wirklich der Körper oder eher mehr der Kopf? Immerhin hatte ich nun super Ausreden, wenn mich jemand nach meinem Zustand fragte.

Als mir die Ärztin jedoch mitteilte, dass ich mit so wenig Gewicht kein Sportleistungskurs wählen durfte, holte ich mir auf dem Heimweg an der Tankstelle ein Brötchen mit Remoulade. Irgendwie störte mich das keinen Meter.

Immerhin war ich ja immer noch der Meinung ich sei nicht magersüchtig.

Mein Gewicht stieg etwas, blieb aber nie lange so. Es verstrichen Jahre. Mal aß ich strikter, mal etwas gemäßigt, jedoch bestimmte das Zählen der Kalorien meinen Alltag.

Am Vorabend meines anstehenden Termins zum Wiegen beim Arzt aß ich Eiscreme, damit wollte ich mir mehr Gewicht auf die Waage erschummeln. Natürlich hätte ich auch vorher ganz viel Wasser trinken können, aber komischerweise kam mir diese Idee in diesem Moment nicht. Ich wundere mich heute selbst darüber. Beantworten kann ich es leider nicht.

Zugegeben: Meine Erinnerungen an diese Zeit bezüglich des Themas „Essen" verschwimmen heute total.

Ich weiß gar nicht mehr genau, in welcher Phase ich wie viel aß und was ich mir dann in welchem Zeitraum genehmigte. Zu Beginn trank ich mit Freunden auf Geburtstagen oder Partys auch noch etwas Alkohol. Als mir aber bewusstwurde, wie viele Kalorien in diesem steckte, strich ich ihn natürlich sofort auch von meinem Ernährungsplan. Nun galt ich auch aus diesem Grund als „Langweilerin".

So trank ich keinen Schluck Alkohol und naschte nichts mehr. Auch auf Feiern in Clubs hatte ich keine Lust mehr. Naja, Lust hatte ich schon, aber ich war am Abend dann einfach zu müde. Hatte ich doch im Hinterkopf wieder den Gedanken, dass am nächsten Morgen meine Frühsporteinheit auf mich wartete.

Als ich eines Tages mit meiner Mama in der Stadt zum Bummeln unterwegs war, klappte ich im Einkaufszentrum zusammen. Ich hatte einen Kreislaufzusammenbruch. Schnell eilten eine Menge Leute herbei. Ein netter Mann brachte mir ein Glas Wasser. Ich setzte es schon an meine

Lippen, als er sagte: „Ich habe noch ein wenig Zucker reingemacht, damit ihr Blutzucker etwas steigt." Sofort stellte ich das Glas ab und trank auch keinen einzigen Schluck davon. Bedeutete dieser bisschen Zucker doch wieder ein paar Kalorien mehr. In diesem Moment war es mir dann auch wurscht, wie es mir ging.

Besuche im Restaurant mussten auch immer wohl überlegt sein. Die Speisekarte checkte ich schon Wochen im Voraus. Wenn es dort auch Salat gab, so brachte ich mir mein eigenes Dressing mit. So war für mich sichergestellt, dass ich die Inhaltsstoffe kannte. Ein Salat war mir dann aber auch meistens zu wenig, so dass ich mir zwei Salate bestellte. Manchmal hatte ich sogar ein paar Karotten in meiner Handtasche versteckt, die ich dann heimlich auf den Teller legte oder sogar auf der Toilette aß. Besonders unangenehm war mir das natürlich in Situationen, in denen ich mit Freunden oder Familie zusammen essen ging. Da habe ich selbstverständlich nicht mein Essen ausgepackt. Nur bei meinen engsten Vertrauten tat ich das. Die wussten ja, was in meinem Kopf vorging.

Besonders schlimm wurde es dann im Urlaub. In meinem Koffer hatte ich nicht nur die üblichen Klamotten, wie meinen Bikini, die Flipflops und die Sonnenbrille, eingepackt. Nein, ich nahm sogar meine eigenen Salatsoßen, alle möglichen Joghurts und Obst mit. Zu groß war die Angst, vor Ort keine fettreduzierten Joghurts vorzufinden. Kaum waren wir am Urlaubsort gelandet, mussten wir uns, teils übermüdet, noch sofort auf den Weg in ein Lebensmittelgeschäft machen. Mehrere Läden, meist sieben bis acht Stück, mussten wir aufsuchen, da mir kein Joghurt zusagte. Tobias war selbstverständlich auf 180 und ich am Rande eines Nervenzusammenbruches. Wie sollte ich nur diesen Urlaub überleben? Aber zum Glück fanden wir immer eine Lösung. Zurück im Hotel verstaute ich die Joghurts direkt im Zimmerkühlschrank. Diesen hatte ich im Vorfeld schon von Deutschland aus organisiert. Denn ein Kühlschrank war, neben den Prämissen eines Fitnessstudios, einem Buffet sowie einem Lebensmittelladen, eines der wichtigsten Dinge für die Wahl unseres Urlaubsdomizils.

Beim Essen trafen mich dann immer die erschrockenen und abwertenden Blicke der anderen Gäste. Saß ich doch mit einem großen Berg Salat am Tisch und packte meine eigene Soße aus der Tasche.

Und wenn ich ich mal an andere Lebensmittel herantraute und diese dann für meinem Geschmack zu ölig waren, so tupfte ich diese mit einer Serviette ab. Ich tupfte so lange auf meinem Teller herum, bis fast nichts mehr vom Essen zu sehen war. Für Tobi war das anfangs schrecklich peinlich. Doch mit der Zeit stand er zu mir, half mir und unterstützte mich, wo er nur konnte. Er wünschte sich so sehr, dass ich auch einmal einen ganzen Teller Nudeln aß oder einfach nur eine Pizza mit ihm teilte. Das schaffte ich jedoch nicht. Die Angst, dass ich wieder zunehmen könnte, war einfach zu groß.

Immer wieder setzte ich mir neue Ziele. Ich nahm mir fest vor neue Lebensmittel in meinen Ernährungsplan zu integrieren. Dies klappte nur bedingt. Die Mengen waren so gering, dass sich diese nicht groß auf mein Gewicht auswirkten. Diese Neuerungen hielten immer nur ein paar Wochen. Dann verbot ich mir diese Lebensmittel aus einem irrelevanten Grund wieder. Ich redete mir ein, ich würde davon Bauchschmerzen bekommen.

Ich muss zugeben, dass ich tatsächlich sehr oft mit richtigen Magenkrämpfen zu kämpfen hatte und sehr darunter litt. Außerdem verausgabte ich mich regelmäßig beim Sport. Auch wenn ich mehr gegessen hätte, wären die Auswirkungen auf mein Gewicht gering oder überhaupt nicht erwähnenswert gewesen. Eine Gewichtszunahme fand einfach nicht statt. Wie auch?

Mir war ja eigentlich klar, dass eine normale Waage nicht aussagekräftig ist. Immerhin wird mit dieser nicht angezeigt, wie viel Prozent an Wasser, Muskelmasse oder Fettanteil in einem steckte. Aber Gewicht war Gewicht und die Zahl war die Zahl. Meine Panik vor der Zahl stieg enorm, so dass ich mich bestimmt ein Jahr lang nicht mehr wog. Ich kann mich noch genau an einen Tag erinnern, an dem ich mich überwinden und auf die Waage steigen wollte. Doch die Panik vor der Zahl war wieder so groß, dass ich beschloss, einen Tag vorher Abführmittel zu nehmen. Es sollte alles aus meinem Magen raus sein. Das Ende vom Lied waren heftige Krämpfe und ein Kreislaufzusammenbruch. Das war mir eine Lehre. Seit diesem Tag ließ ich die Finger von solchen Mittelchen.

In der Phase, als es um den Kinderwunsch ging, legte man mir ans Herz, ich solle dringend zunehmen. So nahm ich mir vor, mich jeden Monat mindestens einmal zu wiegen. So wollte ich kontrollieren, ob ich auch wirklich zunahm. Mir war nun klar, dass ich unbedingt zunehmen müsse, um meinen Kinderwunsch zu erfüllen. Aber das war einfach so verdammt hart. In meinem Freundeskreis wurden immer mehr Freundinnen schwanger. Das machte mich total fertig und nagte an meinem Nervenkostüm. Wollte ich doch auch endlich mein eigenes Baby in den Armen halten.

Direkt nach den Arztgesprächen bekam ich meistens wieder einen Rappel und genehmigte mir mehr Lebensmittel, um mein Gewicht zu erhöhen.

Aber so richtig „Klick" machte es jedoch erst zu dem Zeitpunkt, als meine Ärztin mir am Telefon sagte, sie wisse auch nicht weiter und sie könne nichts mehr für mich tun. Da war ich echt am Ende mit allem. Noch nicht einmal mehr Lust auf Sport hatte ich. Und nur eine tolle Tante wollte ich auch nicht mehr sein. Ich wollte doch nur mein eigenes Baby haben!

So strich ich 50% meines Sportprogramms und aß mehr Kohlenhydrate. Anfangs war es sehr schwer für mich, aber mit der Zeit gewöhnte ich mich daran. Nun genoss ich das „Ausschlafen" und freute mich darüber, dass ich abends nicht mehr so KO war.

Eine regelrechte Geschmacksexplosion bekam ich beim Biss in ein Stück Pizza. Einfach himmlisch. Genüsslich lutschte ich nun auch Gummibärchen oder Bonbons.

Das Schwerste an allem war aber immer noch der Gang auf die Waage. So zeigte diese jetzt wirklich mehr an. Wann immer ich mich wog, es wurde mehr. Ich dachte zuerst, die Batterie sei leer und so wechselte ich sie aus. Doch diese war vollkommen in Ordnung. Ich hatte einfach zugenommen und musste damit zurechtkommen. Fakt war, dass ich dem Tag des Wiegens immer mit Horrorgedanken entgegentrat. Meine Gedanken drehten sich nur noch um mein Gewicht. Die Zahl war wieder wichtig. Meine Angst war so groß, dass ich nicht mehr aufhören würde mit dem Zunehmen. Wie wäre es, wenn ich komplett normal essen und kaum noch Sport treiben würde? Nein, nicht auszudenken.

Ja ich habe zugenommen. Und ja, ich weiß, dass es sein muss und ich will auch gar nicht mehr zurück. Fakt ist allerdings, dass es noch Tage gibt an denen ich mit mir hadere. Und trotzdem zwinge ich mich dazu, mich im Spiegel zu betrachten, meinen Bauch anzufassen und mir zu sagen: „Laura, es geht in die richtige Richtung. Lass es zu!" Durch den tollen Rückhalt meiner Familie und meiner Freunde fällt es mir ein wenig leichter. Mir werden dadurch die wirklich wichtigen Dinge des Lebens vor Augen geführt. Gesundheit und Zufriedenheit sind sehr elementar, denn gesund und zufrieden war ich ja schon lange nicht mehr.

Nach wie vor ist mein Ernährungsplan eintönig, gerade auch zwecks meiner Allergien. Jedoch ist mein Wahn und der Zwang, genau das zu essen, was mir mein Kopf vorgibt, verbietet oder erlaubt, viel weniger geworden. Jetzt höre ich in mich hinein und frage mich, worauf ich Lust habe.

Von Döner, Pizza und Co. bin ich aber noch meilenweit entfernt. Ich gebe jedoch mein Bestes und wage mich immer mehr an neue Lebensmittel heran.

Ich bin es leid, mir alles stundenlang vorzukochen. Ich möchte auch einfach nur mal spontan etwas beim Bäcker mitnehmen oder mir was Schnelles zubereiten. Die ständige „auf die Uhr-Guckerei", ob es nun Essenszeit ist oder nicht nervt mich. Ich möchte essen, wann ich möchte und wenn ich Hunger habe.

Früher habe ich das Essen oft so lange herausgezögert, bis ich dann totalen Heißhunger hatte. Mein Essen schlang ich dann so hastig herunter, dass ich danach dann natürlich heftige Bauchschmerzen hatte.

Es sind nun die kleinen Schritte, die aber in die richtige Richtung gehen. Ich bin mir sehr sicher, dass ich alles schaffen werde. Ich glaube nicht nur daran, nein, ich will es verdammt noch mal unbedingt.

5. Meine Sportsucht

Als kleines Kind hatte ich schon einen enormen Bewegungsdrang. Mittagsschlaf? Wer braucht denn den schon? Ich wollte immer Aktion.

So ging meine Mama mit mir jahrelang zum Kinderturnen. Und als ich etwas fünf Jahre alt war, besuchte ich meine erste Ballettstunde. Meine Mama hatte in ihrer Jugend eine Ballettausbildung absolviert. Gerne wollte sei mir auch die Möglichkeit geben, diese Sportart zu lernen. Anfangs war ich absolut begeistert. Mein tolles rosafarbenes Tutu machte mich ganz stolz. Aber nach einer Weile verließ mich die Lust daran. Ich motzte nur noch herum, wenn ich ins Training gehen sollte. Meiner Mama tat das natürlich in der Seele weh, konnte sie mich doch nicht länger für das Ballett begeistern. Aber sie zwang mich auch nicht weiter dazu.

Im Alter von etwa sieben Jahren begann ich dann mit dem Jazzdance. Dieser wurde bei uns vom ortsansässigen Verein angeboten. Das war etwas, was mir unheimlich viel Spaß machte. Mit meinen Freundinnen studierte ich stundenlang Tänze ein. Diese führten wir dann bei der Jahresfeier des Vereins auf. Mein Lampenfieber war jedes Mal groß und ich war schon Tage vorher unheimlich nervös. Unsere Auftritte waren jedoch immer erfolgreich und das machte uns sehr viel Freude.

Auch außerhalb des Vereins bewegte ich mich viel und gerne. Ich spielte Federball, mit meinem Freunden fangen, sprang mit dem Seil oder durch die damals altbekannten Hüpfkästchen auf der Straße.

Mit elf Jahren entschied ich mich dafür, etwas Neues auszuprobieren und trat einem Leichtathletikverein bei. Gleich beim ersten Training war mein Übungsleiter so von mir begeistert, dass er mich weiter förderte. Und ein paar

Monate später konnte ich bereits meine erste Bronzemedaille in den Händen halten. Außerdem versuchte ich mich gleichzeitig noch mit einer Art Kampfsport. Aber dies gab ich schnell wieder auf, da es mir keinen Spaß bereitete.

Ein Jahr später entdeckte ich dann meine Liebe zum Fußball. Mit dem Leichtathletiktraining hörte ich auf und trat einem Fußballverein in Frankfurt bei. Mein Vater war dort im Aufsichtsrat aktiv. Er nahm mich immer zu den Spielen der ersten Herrenmannschaft mit. Mensch, war das cool. Ich durfte mich im VIP-Raum aufhalten, anschließend die Spieler hautnah sehen und mich mit ihnen unterhalten. Zu Beginn war ich natürlich total schüchtern, das legte sich aber mit der Zeit und ich traute mich, bei den Spielern ein Autogramm zu holen.

Wir waren wirklich bei jedem Heimspiel vor Ort. Auch zu den Auswärtsspielen fuhren wir. Und so kannte man sich mittlerweile sehr gut. Auch zu den anderen „Fans" und Mitgliedern des Vereins hatten wir einen guten Kontakt. Wir waren wie eine große Familie.

Und so kam es, dass mir mein Papa die damalige U-14 Mannschaft der Mädels zeigte.

Sofort war ich Feuer und Flamme und war mir sicher, dass ich unbedingt Fußball spielen wollte. Zu der damaligen Zeit war das eine echte Seltenheit. Es gab kaum Frauenmannschaften. Und so kutschierte mich meine Mama drei Mal die Woche nach Frankfurt, wartete dort auf mich, bis das Training zu Ende war und gurkte mit mir wieder nach Hause. Dafür bin ich ihr immer noch unheimlich dankbar.

Mein Freundeskreis fokussierte sich nun noch mehr im Raum Frankfurt. In der Mannschaft fand ich schnell Anschluss und wir waren eine echt coole Truppe.

Zu dieser Zeit war ich noch eine der Jüngsten im Team. Die Jüngeren schauten immer zu den „Großen" auf. Diese behandelten uns wie ihre kleinen Schwestern.

Egal welches Wetter herrschte, meine Eltern und ich - sogar manchmal auch meine Großeltern – verbrachten unsere Sonntage auf den Fußballplätzen in und um Frankfurt.

Dann kam es zu einem einschneidenden Ereignis: Der Verein löste seine Frauenmannschaft auf. Wir wurden auf die anderen örtlichen Vereine verteilt. Zwei Freundinnen und auch ich wechselten zu einem naheliegenden Verein in die Mädchenmannschaft. Die Mädels dort nahmen uns super auf. Ein Jahr später spielten wir sogar zusammen in der Oberliga Hessen. Für damalige Verhältnisse war das eine echt hohe Liga und für uns sehr anspruchsvoll.

Des Weiteren meldete ich mich zeitgleich mit meiner damaligen guten Freundin im Fitnessstudio zwei Orte weiter an. Zusammen besuchten wir dieses am Wochenende. Wir absolvierten dort aber meist nur Zirkeltraining und diverse Kurse.

Nach ein paar Monaten sprach mich nach einem Fußballturnier, bei welchem ich zur besten Abwehrspielerin gekürt worden war, ein Mann an. Er fragte mich, ob ich nicht bei der Bezirksauswahl mitspielen wolle. Das war eine Auswahl an Spielerinnen, die ein gewisses Talent aufwiesen. Ich fühlte mich total geehrt. Meine Eltern, insbesondere mein Papa, waren mächtig stolz auf mich.

Letztlich entschied ich mich dagegen. Die Schule stand für mich an erster Stelle, sodass ich dafür nicht noch mehr Zeit aufbringen konnte. Außerdem machte mir mit der Zeit das Fußballspielen nicht mehr so viel Spaß. Kurze Zeit später verließ ich auch den Verein.

Das war im Übrigen der Beginn meiner Magersucht. Auf nichts hatte ich mehr richtig Lust, hatte keine Kraft mehr und somit isolierte ich mich vollkommen von meinem Umfeld. Einzig das Training im Fitnessstudio beflügelte mich förmlich. Ich las mich in Sportlektüren und Ernährungstipps ein und begann, den Sport regelrecht als Sucht auszuüben.

Stundenlang rannte ich auf dem Laufband oder verausgabte mich mehrmals die Woche am Crosstrainer. Ich kämpfte mich durch ein hartes Krafttraining und ging dann noch joggen. Zuzüglich hatte ich in der Schule ja noch einen Leistungskurs in Sport belegt.

Anfangs machte das alles super viel Spaß. Jedoch begann dann die Phase, in der mich plötzlich alle schräg anschauten. Nicht nur auf der Straße, sondern auch im Fitnessstudio.

Von vielen Leuten wurde ich angesprochen, warum ich so viel Sport machen würde. Ich hätte das doch gar nicht nötig. Andere wiederum fragten mich direkt, warum ich so dünn sei und ob ich an Magersucht leiden würde. Natürlich stritt ich dies alles vehement ab. Was ging fremde Leute mein Körper an?

Meinen Sportplan zog ich nach einem genauen Konzept und konsequent durch. Für mich gab es keine Ausnahmen. Selbst an Tagen, an denen ich krank war, gönnte ich mir keine Pause. Ich zwang mich regelrecht zum Sport. Es war für mich Nebensache, ob ich konnte oder wollte. Es musste einfach sein. Mein Kopf war hier der dominante Part. Keine Ruhe, keine Pause. Auch bei Verletzungen, die ich hätte eigentlich auskurieren sollen, kannte mein Kopf keine Gnade.

Im Studium zog es mich direkt nach den Vorlesungen ins Fitnessstudio. Oder ich stand um 5.00 Uhr morgens auf, damit ich das noch alles vorher „erledigen" konnte.

Sogar in den Prüfungsphasen nahm ich meine Bücher mit auf den Crosstrainer und lernte beim Sport. Noch nicht mal an den Wochenenden gab ich meinem Körper die Zeit für Erholung und Regeneration. Meine Sporteinheiten prügelte ich bereits ab 5.00 Uhr morgens durch.

Immer mehr Leute sprachen mich auf mein Gewicht an. Ich wich ihnen aus. Schob alles auf meine vielen Lebensmittelunverträglichkeiten und meinen guten Stoffwechsel. Klar, ich hatte wirklich viele Lebensmittelallergien und vertrug nicht alles. Und ich hatte somit auch Probleme mit dem Essen. Aber dies war natürlich nicht nur der Grund für meinen Zustand.

Ich wurde immer weniger. Mir persönlich gefiel das sehr gut. Im Spiegel bewunderte ich meinen schlanken sportlichen Körper. Kein einziges Gramm Fett war an mir dran. Man konnte jede Muskelpartie genau sehen.

Meinen Studienkollegen kam meine „Körperstruktur" als Anschauungsobjekt zugute. Mussten wir doch aufgrund unseres Physiotherapiestudiums alle Muskeln, Sehnen und deren körperlichen Verlauf kennen. Das konnte man bei mir ohne Probleme nachvollziehen.

Meine Dozenten, die mich in den warmen Monaten oft sehr leicht bekleidet sahen, machten sich allerdings Sorgen und sprachen mich auf meine Statur an. Ich bestätigte deren Verdacht, merkte aber an, dass ich bereits in Behandlung und auf einem guten Weg sei. Das stimmte ja auch zur Hälfte. In Behandlung war ich; auf einem guten Weg leider nicht.

Meine Disziplin wurde aber von vielen bewundert. Diese Momente genoss ich in vollen Zügen. Somit lohnte sich wenigstens all meine Arbeit und die große Qual.

Wenn Tobi und ich uns mit Freunden trafen und das Gespräch ums Thema Sport ging, verdrehte er die Augen. Tobi hasste dieses Thema.

Mein exzessiver Ausdauersport war zwischen ihm und mir ständig ein Streitthema. Wir kamen uns darüber immer in die Haare. So kam es, dass er mich teilweise regelrecht morgens anschrie. Ich solle doch den Scheiss lassen. Es würde mich noch kaputt machen. Ich stellte meine Ohren auf Durchzug, blieb stur und machte so wie immer weiter.

Nur, war es die Sache auch wert? Nein! Doch zu diesem Zeitpunkt war meine Wahrnehmung einfach noch nicht so weit wie heute.

Mein komplettes Leben hatte ich völlig auf das Essen und den Sport ausgerichtet. Ich war besessen von meinen Regeln und meinen selbst gestrickten Tagesablauf.

Im gemeinsamen Urlaub stand ich morgens um 6.00 Uhr auf, um mein Sportprogramm zu absolvieren. Ich wollte doch um 9.00 Uhr mit meinem Mann zusammen frühstücken. Zwar nahm ich nie etwas zu mir, trank höchstens einen Tee. Aber wir wollten ja immerhin viel gemeinsam im Urlaub unternehmen.

Aber die Stimmung war natürlich gleich morgens im Eimer, als ich freudestrahlend mit Sportklamotten zum Frühstück kam. Tobi war stinksauer. Die anderen Leute gafften mich auch an. Aber das war mir inzwischen auch egal. Hauptsache ich konnte meinen Sport durchziehen. Das war mir das Wichtigste.

So vergingen die Jahre.

Zwischenzeitlich hatte ich auch mal Phasen, in denen ich mich wog und echt sah, wie wenig die Waage tatsächlich anzeigte. Dann versuchte ich gegenzusteuern. Ich aß ein wenig mehr, jedoch ohne meinen Sport wirklich runterzufahren. Im Laufe der Jahre waren im Fitnessstudio schöne Freundschaften entstanden. Ich wurde dort nicht schräg angeschaut oder für verrückt erklärt, wenn ich erzählte, dass ich bereits sehr früh für mein Sportprogramm aufstand.

Dann kam der Hype mit den intelligenten Sportuhren, die von verbrauchten Kalorien, gegangenen Schritten, Blutdruck und etliche Funktionen mehr anzeigte. Für mich waren lediglich die verbrannten Kalorien und die Schrittzahl wichtig. So hatte ich teilweise bereits morgens um 7.30 Uhr 13.000 Schritte hinter mich gebracht. Zu meinen Bestzeiten sogar 22.000 Schritte am Ende des Tages. Ich maß mich jeden Tag daran und war schon enttäuscht, wenn ich diese nicht erreichte.

Mittlerweile hatte ich auch ein komplett falsches Körperbild von mir. So starrte ich im Spiegel meine Bauchpartie an. War ich noch schlank genug? Sammelt sich schon wieder Fett an? Mehrmals am Tag legte ich mich auf den Rücken und rieb meinen Bauch hoch und runter, damit er auch schön flach blieb. Irgendwann kam sogar die Phase, in der ich meinen Bauch nicht mehr ansehnlich fand. Nicht mal anfassen konnte ich ihn. Ich empfand ihn als eklig, dick und unmuskulös. Selbst im Sommer trug ich über meinem Bikini dann ein Top, damit man meinen Bauch nicht sehen konnte. Da ich meine Haut am Bauch nicht eincremte, war sie sehr trocken. Außerdem hatte ich braune Flecken am Bauch. Diese waren die Erbschaften der Wärmflaschen, die ich täglich brauchte. Ich fror ja ständig.

Aber die krasseste Zeit sollte noch kommen...

Mittlerweile wog ich nur noch 34 Kilogramm. Ich ging trotz allem auch noch ganztags arbeiten und knechtete meinen Körper weiterhin mit heftigen Workouts. Den Bezug zur Realität hatte ich schon längst verloren. Ich ließ mich zum Beispiel noch nicht einmal von einer Teilnahme an einem Charity-Wettkampf abhalten. Hier musste ich mich durch Matsch und Schlamm quälen. Hinzu kam, dass es an diesem Tag 30 Grad heiß war und ich aufgrund des kalten Wassers trotzdem fror. Die anderen Teilnehmerinnen konnten ihre Bestürztheit nicht verbergen und tuschelten, sobald ich ihnen den Rücken zuwandte. Mir war das jedoch egal. Ich hielt an meinem Programm fest. Sollten sie doch denken, was sie wollten.

Noch nicht mal auf meine Ärzte wollte ich hören. Sie baten mich darum, beim Sport kürzer zu treten. Ich sah jedoch keine Veranlassung. Sport ist doch gesund, oder?

Dazu kam die Zeit, in der ich meine Fortbildung in Mainz durchlaufen musste. Diese fand im Drei-Wochen-Turnus statt und dauerte über 1,5 Jahre. Schon Wochen vorher machte ich mir Gedanken darüber, wie ich mein Sportprogramm so integrieren konnte, dass es auch in meinen morgendlichen Zeitplan passte. Das Ende vom Lied war, dass ich um 3.00 Uhr morgens aufstand, mein Sport durchzog und dann um 7.00 Uhr nach Mainz losfuhr. Es war die Hölle. Ich war total kaputt und fertig. Abends lagen meine Nerven blank. Ganz zu schweigen von meiner Laune. Die war nur noch mies. Außerdem fand ich einfach keinen Schlaf. Mein Körper war am Ende. Das war mir aber total gleichgültig.

Meine Welt brach allerdings zusammen, als mir mein Arzt vom Kinderwunschzentrum eröffnete, er könne mich aufgrund meines niedrigen Gewichts nicht weiter therapieren. Ich musste unbedingt zunehmen. So hatte ich zwei Möglichkeiten. Entweder mehr essen oder weniger Sport machen. Oder am besten beides gleichzeitig. Wie sollte das gehen? In diesem Moment war mir einfach alles zu viel.

Mit Tobi arbeitete ich nun Essenspläne aus. So stellten wir eine Auswahl von Lebensmitteln zusammen, die ich mir erlaubte zu essen. Es waren Lebensmittel dabei, die ich vor ein paar Tagen noch für unmöglich gehalten hatte. Es war verdammt hart. Jeder Bissen war für mich eine Qual. Für mich fühlte es sich schlecht an. Trotzdem redete ich mir immer wieder ein, ich müsse durchhalten. Sonst würde es nie etwas mit dem Mutter-sein werden. Und wir hatten noch nicht einmal das Thema „Sportreduktion" angesprochen. Daran traute ich mich noch nicht.

Im Frühjahr 2020 überrollte die Welt das Corona-Virus.

Zunächst ging wohl fast jeder davon aus, dass die Pandemie innerhalb ein paar Monaten zu einem Ende kommen würde. Weit gefehlt, wie sich herausstellte. Die Fitnessstudios mussten schließen. Für mich brach eine Welt zusammen. Wie sollte ich nur mein auferlegtes Pensum durchführen? Für zu Hause hatte ich zwar schon ein gutes Equipment. Trotzdem rüstete ich noch mit weiteren Materialien auf.

Meine große Sorge war, dass ich meinen Ausdauersport nicht mehr nachgehen konnte. Wollte ich doch nicht morgens im Dunkeln draußen alleine joggen. So entschloss ich mich dazu, morgens zu Hause auf meinem Crosstrainer zu gehen. An zwei-drei Tagen ging ich dann mittags zusätzlich noch joggen. Da Tobi ja auch nicht zum Fußballtraining gehen konnte, begleitete er mich zu Beginn noch.

Mir gefiel es, dass wir nun gemeinsam Sport trieben. Tobi hatte aber nicht so recht den Gefallen daran gefunden. Denn nun bekam er hautnah mit, wie viel Sport ich wirklich trieb. Nach mehreren Diskussionen bleib er dann dem Joggen wieder fern. Er hatte die heimliche Hoffnung, dass ich dann auch nicht mehr alleine joggen gehen würde. Das Gegenteil war der Fall. Ich machte einfach weiter und zog alleine meine Runden.

Und noch eine tolle Idee kam mir. Hatte ich nicht noch ein Fahrrad im Keller stehen? Dieses machte ich nun „frisch" und nutze es für meine Einkäufe. Immerhin musste ich doch in Bewegung bleiben.

Als ich dann eines Tages nach dem Fahrradfahren nach Hause kam, durchfuhren mich fürchterliche Schmerzen im

Bereich des Gesäßes und der Leiste. Ich krümmte mich und konnte kaum mehr laufen. Ich redete mir jedoch ein, dass es sich bestimmt nur um eine Zerrung handle und diese bald abklingen würde.

Jedoch musste ich beim nächsten Versuch zu joggen das erste Mal in meinem Leben aufgeben. Ich hatte schreckliche Schmerzen und ein schlechtes Gewissen. Mein Körper zog in diesem Moment mit einem Sieg davon. Aber das konnte ich nicht auf mir sitzen lassen. Meine Ausdauereinheit „musste" ich auf dem Crosstrainer nachholen. Reduzieren stand nicht zur Diskussion. Das Krafttraining verursachte auch höllische Schmerzen. Trotzdem konnte ich es nicht lassen und suchte mir Übungen heraus, die mir dann eben die wenigsten Schmerzen bereiteten.

All dies brach aber nichts. Es wurde nicht besser. Nach drei Monaten und mehreren Arztbesuchen wurde dann diagnostiziert, dass ich einen Bruch im Sitzbein (einen Teil des Beckens) hatte und hochgradig an Osteoporose litt (Details dazu lest ihr im Hauptteil).

Da machte es das erste Mal bei mir „Klick". Zwar nur ein kleiner „Klick", aber das war ja schon mal ein Schritt in die richtige Richtung. Ich hatte unheimliche Angst um mein Leben und um meine Gesundheit. Wie sollte ich jemals Mutter werden, wenn ich an porösen Knochen litt?

Wie eine Wilde googelte ich mich durch Internet, fand jedoch nicht die für mich passenden Antworten auf meine Fragen.

Inzwischen war die erste Lockdown-Phase vorbei und die Fitnessstudios öffneten wieder. Gott sei Dank. Allerdings hatte mein Studio zwischenzeitlich seine Öffnungszeiten geändert. Statt rund um die Uhr machte es „erst" um 6.00 Uhr morgens auf. Eine Katastrophe für mich! Das passte vorne und hinten nicht mit meinem Arbeitsplan überein. So ging ich nur noch zweimal in der Woche ins Studio. Den Rest meines Fitnessprogramms erledigte ich zu Hause.

Komischerweise traf mich die Situation nicht so dramatisch wie anfangs gedacht.

Es gab sogar Phasen, in denen ich meinen Wecker morgens einfach öfter auf „Repeat" stellte. Ich hatte einfach keine Lust ins Studio zu fahren. Um länger schlafen zu können, trainierte ich einfach daheim. Naja, ein schlechtes Gewissen hatte ich aber schon. Aber das verbesserte sich mit der Zeit.

So entwickelte es sich mit der Zeit, dass ich meinem Kraftsport zum Teil mit Hilfe von diversen Fitnessvideos bestritt. Im Internet gibt es ja reichlich davon. So kam ich wieder in eine Spirale, in der ich mir erneut exakte Fitnesspläne zusammenstellte. Ich gestaltete mir Tagespläne mit auf jede Körperregion passende Videos, die ich dann genaustens abarbeitete. Sogar eine Tabelle mit den verschiedenen Workouts legte ich mir an. Alles wie im Rausch. Es war wirklich erschreckend und es ermüdete mich zusehends. Langsam, aber sicher mochte ich diesen Zwang nicht mehr.

Ihr werdet sicherlich jetzt schmunzeln, aber als der zweite Lockdown mit all seinen Schließungen ausgerufen wurde, war mir das fast egal. Dann war eben mein Fitnessstudio zu! Klar, meine Freunde dort fehlten mir total, aber die Schließung half mir, noch einen Gang zurückzuschalten. Und vor allem konnte ich länger schlafen und abends auch endlich etwas länger wach bleiben. Ich ging nicht mehr gegen 20.00 Uhr in Richtung Bett.

Der nächste Schock kam allerdings, als wir einige Tage später mit unserer Ärztin im Kinderwunschzentrum telefonierten. Sie teilte mir trocken und gefühllos mit, dass ich niemals schwanger werden könne, da meine Gebärmutter zu klein sei. Mir blieb der Mund offenstehen. Das traf mich ins Herz. Tränen sammelten sich in meinen Augen. Ich war so verletzt über diese kalte und nüchterne Aussage am

Telefon. Jetzt reichte es mir! Ich war so wütend. Ich mochte einfach nicht mehr.

So fasste ich einen Entschluss: Keine Verbote mehr! Keine Knechtung mehr durch irgendwelche Workouts! Ich will leben und gesund sein!

Fragt mich nicht, wie es auf einmal dazu kam! Ich denke, es war einfach ein Mix aus allem, was sich in dieser Zeit ereignete. Die große Wut, die Enttäuschungen, die physischen Schmerzen, aber auch – um etwas Positives zu nennen – die Unterstützung meiner Familie. Hatte diese mir doch gefühlt jeden Tag gepredigt, ich solle endlich „vernünftig" werden. Bisher war das ja nicht von Erfolg gekrönt gewesen. Doch jetzt war der Zeitpunkt des Umdenkens gekommen. Nicht zuletzt auch durch meine zwei guten Freunde aus dem Fitnessstudio. Beide sprachen Tacheles mit mir. Sie machten mir klar, dass ich ab sofort meinen Sport auf ein Minimum reduzieren musste, um gesund zu werden. An besonders schlimmen Tagen hörten sie sich all meine Sorgen und Bedenken geduldig an. Sie redeten mir gut zu und versuchten meine Sorgen zu vertreiben. Ich befürchtete nämlich, unsportlich und fett zu werden und einen unansehnlichen dicken Bauch zu bekommen. Und meine schlimmste Sorge: Kein Ende meiner Gewichtszunahme. Ich hatte Angst, nicht mehr in meine Klamotten zu passen und was dann die Leute wohl sagen würden. Ihr glaubt nicht, was mir in dieser Zeit alles durch den Kopf ging.

Natürlich hatte ich auch in dieser Zeit weiterhin den tollen Rückhalt meiner Familie und selbstverständlich auch von Tobi. Sie waren es, die mich immer wieder auffingen und mich lobten, wenn ich mehr gegessen hatte und die Waage ein wenig mehr anzeigte.

Meinen Sport kürzte ich auf 50%. Dies behalte ich bis heute bei. Ich muss sagen, dass ich damit sehr gut zurechtkomme. Aber ihn ganz zu streichen, kann ich mir derzeit aber noch nicht vorstellen. Es ist nicht nur des Sportes Willen, sondern auch einfach ein Hobby und ein Ventil zum Abreagieren zu haben.

Der Unterschied besteht allerdings darin, ob ein Zwang dahintersteht oder der Spaß an der Bewegung. Mit irgendwelchen strikten Sportplänen verschwende ich jetzt nicht mehr meine Zeit. Ich mache Übungen, die mir guttun. Mich plagen auch keine Gewissensbisse, wenn ich nicht die gewünschten Wiederholungen einer Übung schaffe. Ich zähle keine Schritte und Kalorien mehr. Diese Funktion meiner Hightech-Uhr lasse ich mir nicht mehr einblenden.

Interessant ist, dass ich mir vor einem Jahr nicht hätte vorstellen können, irgendetwas an meiner Lebensweise zu ändern. Dass ich auf diese Weise mein Sportprogramm so reduzieren könnte. Das ich mein Leben so umkrempeln würde. Mich motiviert der Wunsch, endlich Mama zu werden. Dafür musste ich aber mein böses Ich überlisten!

6. Freundschaften

Um mich herum gab es immer viele Freunde. Es fiel mir auch nie schwer, neue Freundschaften zu schließen. Komischerweise war ich jedoch recht schüchtern, so dass meine Mama mich immer etwas „anschieben" musste. War dieser erste Schritt aber getan und das Eis war gebrochen, gab es keine Berührungsängste mehr. Ich war stets offen und interessiert.

Da ich allerdings ungern außerhalb unseres Hauses spielte, lud ich meistens meine Freunde zu uns ein. Meine Eltern hatten damit keine Probleme. Im Gegenteil, sie genossen es, da sich mich nicht pausenlos bespaßen mussten.

So hatten wir in Stuttgart auch einen engen Freundeskreis, mit dem wir uns regelmäßig trafen. Die befreundeten Ehepaare meiner Eltern hatten auch Kinder, so dass ich immer beschäftigt war. Wir fuhren sogar alle gemeinsam in den Urlaub. Ob Centerpark oder auch das bäuerliche Ferienhaus von Bekannten, alles war dabei. Das waren unvergessliche Urlaube und glückliche Zeiten, in den wir viel erlebt haben. Daran erinnere ich mich heute auch immer wieder gerne.

Auch nach unserem Umzug von Stuttgart nach Hessen schloss ich schnell neue Freundschaften. In dem kleinen Ort, in dem meine Eltern heute noch leben, wohnten in der Nachbarschaft auch sehr viele Kinder. Das machte es mir damals einfach, wieder Anschluss zu finden. So kam es, dass ich mich mit einem Mädchen anfreundete, dessen Familie zwei Monate vorher aus Schottland zugezogen war. Die Sprachbarriere war für uns kein Hindernis, wir kommunizierten sprichwörtlich „mit Händen und Füßen". Bis heute haben wir noch Kontakt miteinander, obwohl sie mittlerweile wieder in Schottland lebt.

Auch im Kindergarten und in der Grundschule fand ich damals schnell Anschluss.

Es gab aber immer wieder Streit unter uns Mädels. Das endete immer damit, dass eine aus der Gruppe ausgeschlossen wurde. Wenn ich daran zurückdenke, überkommt mich das Grausen. Man wusste damals nie, wer als Nächste dran war. Das Gefühl, ausgeschlossen zu werden, war einfach schrecklich.

Aber ich hatte damals auch kein Problem damit, mich mit den Jungs zu verabreden. Oft spielte ich mit ihnen Fußball auf dem Schulhof. Meine Mädels fanden das natürlich doof und sagten damals: „Du musst dich schon entscheiden, mit wem du lieber zusammen bist – mit Mädels oder Jungs!"

Tja, war waren damals unsere pubertären Probleme...

Aber viel schlimmer waren immer die Diskussionen, wenn es um die Klassenfahrten ging. Das große Thema „Wer geht mit wem ins Zimmer?" gab es sowohl in der Grund- als auch in der weiterführenden Schule. Oder ein anderer großer Streitpunkt war damals die Sitzordnung im Klassenzimmer. Ein heikles Thema, das sage ich euch. Und der Begriff „Beste Freundin" war damals oft in Gebrauch. Zu dieser Zeit war es total wichtig, eine „beste" Freundin zu haben. Eine echte beste Freundin hatte ich wohl nicht, denn ich verstand mich mit sehr vielen Freunden gut. Rückblickend würde ich heute sagen, dass meine Nachbarin zu meinen längsten und besten Freundinnen gezählt hat. Danach gab es noch ein Mädchen, das ich in der fünften Klasse kennengelernt hatte. Später wechselten wir gemeinsam die Schule. Sie zog sie sich jedoch dann von mir zurück und schloss sich einer anderen Mädchenclique an.

Auch im Sportverein hatten sich viele Freundschaften entwickelt. Diese gingen sogar über das übliche Fußballtraining hinaus. Wir verbrachten auch außerhalb des Sportgeländes schöne Zeiten.

Als ich zu meinem zweiten Fußballverein wechselte, lernte ich dann ein ganz tolles Mädchen kennen. Sie war definitiv damals meine beste Freundin. Wir verstanden uns auf Anhieb super. Wir teilten uns die gleichen Interessen. Mit der Zeit entwickelten wir eine Art Seelenverwandtschaft, besuchten gemeinsam Konzerte und gingen dann im Alter von 15 Jahren zusammen in „Discos". Wir hatten einfach eine coole Zeit. Ich beneidete sie sehr. Sie war bildhübsch und hatte eine Bilderbuchfamilie. Ihre Eltern waren beide Ärzte, sie hatte zwei Geschwister und einen Hund. Ich genoss es so sehr, Zeit mit ihr zu verbringen. Natürlich tauschten wir uns auch häufig in Sachen „Jungs" aus.

Ihre Mutter war es übrigens, die mich zu Beginn meiner Erkrankung behandelte.

Relativ zeitgleich hörten meine Freundin und ich mit dem Fußballspielen auf. Dadurch minimierte sich leider unser Kontakt. Sie erkundigte sich häufig nach meinem Befinden. Aber wir verloren uns mit der Zeit und nach der Schule etwas aus den Augen.

Als sie dann nach längerer Zeit über Social-Media ein Bild von mir sah, muss sie sich regelrecht erschrocken haben. Sie schrieb mich direkt an und brachte es direkt auf den Punkt. Ich muss sagen, dass ich ihre Ehrlichkeit und direkte Ansprache hoch anerkenne und auch schätze. Sie war mit die Einzige, die sich das getraut hat und nicht weggesehen hatte.

Jetzt muss ich aber noch mal einen Schritt in der Geschichte zurückgehen.

Beim Wechsel auf die neue Schule war ich noch nicht erkrankt und genoss mein neues freies Leben. Die Schule war viel einfacher und die vielen neuen Leute fand ich einfach cool. Mein Freundeskreis war immens groß und ich unternahm abends total viel. Gemeinsam gingen wir zu diversen Konzerten im Nachbarort oder etwas essen und trinken. Wir taten all die Sachen, die Jugendliche halt so machten. Das Tolle daran war, dass ich nicht nur einen Freundeskreis hatte, sondern mehrere.

Das Leben war nun einfach unbeschwert. Nach wie vor pflegte ich meine Kontakte aus Stuttgart und auch zu vielen Urlaubsbekanntschaften.

Mit 16 Jahren lernte ich dann meinen ersten richtigen festen Freund kennen und somit auch automatisch seinen kompletten Freundeskreis. Wir verstanden uns alle echt super und so feierten wir zum Beispiel Silvester oder einige Geburtstage gemeinsam.

Meine Isolation kam jedoch zunehmend mit meiner Erkrankung. Ich hatte keine Kraft mehr, um lange wach zu bleiben, war ständig schlapp und müde. Außerdem fiel sofort auf, dass ich sehr wenig aß oder mein eigenes Essen mitbrachte. Um nervenden Diskussionen zu entgehen, entschloss ich mich dazu, lieber zu Hause zu bleiben.

Viele Freunde distanzierten sich dann von mir. Meine „richtigen" Freunde standen zu mir, unterstützten mich und akzeptierten auch ein „Nein". Ich bin heute noch unglaublich dankbar, dass sie mich damals nicht aufgaben und mir versuchten die Augen zu öffnen.

Ein Jahr vor meinem Abitur flogen meine Mädels und ich nach Ibiza. Wir hatten dort eine richtige lustige Zeit, an die wir heute noch gerne zurückdenken. Aber ich war auch die „Außenseiterin" und die „Korrekte", da ich immer als Erste schlafen ging, öfter im Hotel blieb und morgens Fitnesskurse mitmachte. Ich konnte einfach nicht mehr ohne diese ständige innere Kontrolle leben. Das war unheimlich belastend und anstrengend.

Nach dem Abitur schlugen wir alle unsere eigenen Wege ein, so dass ich zum Beispiel zu den Freunden aus der Schule kaum noch Kontakt hatte. Die Mädels aus dem Ort gingen zum Studieren in verschiedene Städte. Das Schlimmste war, dass meine geliebte Nachbarin und Freundin zurück nach Schottland zog. Bei unserem Abschied am Flughafen verriss es mir fast das Herz. Ich heulte wie ein Schlosshund. Noch heute schmerzt es, wenn ich an ihren Abschied denke. Aber wir haben bis heute guten Kontakt. Darüber bin ich sehr froh. Als es dann später um meine Hochzeitsvorbereitungen ging, wusste ich sofort, dass sie meine Trauzeugin sein sollte. Sie reiste extra im April 2017 für meinen „Junggesellinnen-Abschied" an. Und dann sechs Wochen später nochmal zu meiner Hochzeit.

Bevor mein Mann und ich uns kennenlernten und heirateten, hatte ich bereits angefangen, Physiotherapie zu studieren. Auch dort hatte ich keine Probleme neue Leute kennenzulernen. Gerade mit meiner neuen Mädelsclique traf ich mich auch privat, was sich allerdings wegen der großen Distanzen nicht immer leicht gestaltete.

Während meiner Studienzeit lernte ich auch ein Mädchen kennen, mit welchem ich mich in den letzten drei Semestern sehr gut verstand. Wir hatten täglichen Kontakt und so entschlossen wir uns, gemeinsam unsere Bachelorarbeit zu schreiben. Wir lagen auf der gleichen Wellenlänge und lachten viel. Sie war für mich damals echt eine sehr gute Freundin und ich vertraute ihr alles an. Wie die anderen Mädels von meinem Studiengang wusste sie auch über meine Krankheit Bescheid. Mit diesem Thema kannte sie sich gut aus, da ihre Schwester damals auch an Anorexie litt.

Als sie jedoch ihren Freund kennenlernte, war ich plötzlich, wie abgeschrieben und unser Kontakt schwand.

Nach dem Studium reagierte sie noch nicht mal mehr auf meine Nachrichten. Das war ein herber Schlag für mich. Ich konnte es einfach nicht begreifen. Auch heute kann ich das noch nicht verstehen. Mit meiner Mutter habe ich oft darüber gesprochen. Ich war bis dato immer der Meinung, man bräuchte eine beste Freundin. Mich erfüllte eine innere Leere und ich fühlte mich verlassen. Selbstzweifel schlichen sich ein. War ich eine so schlechte Freundin? Lag es an mir? Klar, ich hatte viel Freunde, aber ich vermisse nur diese „Eine", die beste Freundin. Meine Mama sagte mir damals, ich solle mir vorstellen, dass Leben sei wie eine Zugfahrt. Manche Leute steigen ein, begleiten mich eine Weile und steigen an einer anderen Station wieder aus. Und danach steigen wieder neue Leute zu, und so weiter. Der Gedanke gefiel mir, aber es dauerte lange, bis ich mich mit ihm anfreunden konnte. Gefühlt hatte jeder DIE eine Freundin oder DIE eine Clique, aber ich hatte einfach mehrere gute Freunde aus verschiedenen Orten und Freundeskreisen.

Daran hatte ich lange zu knabbern.

Durch eine andere Freundin aus meinem Studiengang lernte ich dann auch Tobi, meinen heutigen Ehemann, kennen und damit auch seine große Familie und seinen Freundeskreis. Von Tobis Familie wurde ich liebenswürdig aufgenommen. Sie akzeptierte jede meiner Angewohnheiten und Macken. Mit seinem Bruder kam ich super klar. Das ist auch heute noch so. Seine Verlobte ist auch total herzlich.

So begann dann Mitte 2020 die Zeit, der der immer mehr Freundinnen von mir schwanger wurden. Die frohen Botschaften flatterten uns nur so ins Haus. Anfangs fand ich das total aufregend und auch ungewohnt. Doch mit der Zeit machte mich das echt mürbe. Es schmerzte und deprimierte mich. Hegten mein Mann und ich doch selbst den sehnlichsten Wunsch, endlich Eltern zu werden. Versteht mich bitte nicht falsch. Ich habe mich wirklich mit jeder Freundin gefreut. Es ging dann schon so weit, dass mir die Schwangerschaften verschwiegen wurden, um mich nicht zu verletzen. Ich erfuhr es dann über Social-Media. Und das tat dann doppelt weh. Ich weiß, sie wollten mich nur schützen, aber das ging dann doch irgendwie nach hinten los.

Diese Zeit war einfach furchtbar gewesen. Und sie ist es immer noch. Überall, wo ich hinhöre und -sehe, sind die

„Pärchen" schwanger. Heftige Selbstzweifel steigen in einem auf und man fühlt sie so down. Überall sah ich damals – und sehe auch heute noch – Babys: auf der Arbeit, beim Spazieren gehen, beim Einkaufen, im Fernsehen und bei den Treffen mit unseren Freunden.

Ich sage euch, ich drehe einfach nur noch am Rad.

Mit unseren Freunden haben wir aber weiterhin guten Kontakt, obwohl sich durch den Nachwuchs die Lebensprioritäten verschoben haben.

Nach wie vor liebe ich Kinder und habe sie auch gerne um mich. Aber trotzdem möchte ich nicht nur die liebe Tante Laura oder die nette Dame von nebenan sein. Mein Kinderwunsch ist immer noch da. Für dieses Ziel kämpfe ich schon jahrelang. Den Glauben daran werde ich nicht aufgeben.

Durch meinen Sport, in den ich bisher sehr viel Zeit investiert hatte, habe ich auch sehr viele liebe Menschen kennengelernt. Mit der einen oder anderen habe ich mich auch schon auf einen gemeinsamen Tee getroffen oder wir sind zusammen mit unseren Männern zum Essen gegangen. Da sich die Männer auch so gut verstehen, treffen wir uns mittlerweile regelmäßig. Diese Zeit ist immer wieder total schön und lustig.

Durch meine festen Trainingszeiten (Corona-bedingt leider derzeit nicht) traf ich im Fitnessstudio auch immer die gleichen Leute. So entstand auch eine richtig kleine Familie. Besonders wichtig sind mir nach wie vor zwei Kumpels, die mich bei meinem bisherigen Weg begleitet haben (Kapitel „Meine Sportsucht"). Sie erleichterten mir diesen enorm. Dafür bin ich ihnen unendlich dankbar. Ihre Freundschaft gibt mir viel. Es macht einen Unterschied, ob man die Themen Magersucht und Sportzwang mit einer weiblichen oder männlichen Person bespricht. Die beiden haben mir gerade in der letzten Zeit dabei geholfen, meinen Fokus auf mein Ziel zu fokussieren und die richtigen Prioritäten zu setzen. Sie haben mir durch lange Gespräche, witzige Treffen, aufmunternde Worte oder Blogs sehr geholfen. Sie waren – und sind – immer für mich da. Dafür bin ich ihnen sehr dankbar.

Zum Abschluss dieses Kapitels muss ich euch sagen: Je älter ich werde, umso mehr wird mir klar, dass es nicht darum geht, einen großen Freundeskreis zu haben. Es geht vielmehr um echte Freunde, auf die ich mich verlassen und denen ich vertrauen kann.

7) Mein Kinderwunsch

Schon als ich noch ein Kind war wusste ich: Wenn ich mal groß bin, will ich auch eine Mama sein! Das zweifelte ich auch nie an. Gerne spielte ich Mutter-Vater-Kind. Wenn Bekannte ein Baby hatten, wollte ich es immer unbedingt auf dem Arm halten. Auch hatte ich mir immer sehnlichst Geschwister gewünscht, aber leider hatte die Natur einen anderen Plan.

Als ich zwölf Jahre alt war, half ich meiner Mutter bei ihren Übungsleiterstunden im Kinderturnen. Das hat mir immer sehr viel Spaß gemacht. Kurze Zeit später passte ich dann auch regelmäßig auf die Kinder von Bekannten auf. Außerdem gab ich einigen Kindern Nachhilfestunden und spielte auch gern mit den kleinen Kindern aus der Nachbarschaft.

Als ich ins Teenageralter kam, traten natürlich die ersten Schritte ins „Frau-sein" auf: Ich bekam meine Periode. So far so good. Wie das nun mal so ist, war diese zu Beginn nicht immer regelmäßig. Als ich dann mit meinem ersten Freund zusammenkam, ließ ich mir die Pille verschreiben. Trotz Pille kam meine Periode dann auch nicht unbedingt regelmäßiger. Aber welche junge Frau hat schon gerne seine Periode?

Als die Phase mit meiner Magersucht begann, bekam ich anfangs noch normal meine Periode. Diese wurde aber mit der Zeit immer weniger. Natürlich freute ich mich darüber. War dies doch immer eine lästige monatliche Angelegenheit. Somit hatte meine Magersucht doch auch NOCH einen positiven Nebeneffekt.

In dieser Zeit las ich viele Artikel, die in Verbindung mit Magersucht standen. Ich lernte, dass bei einer Magersucht die Periode ausbleiben und im schlimmsten Fall nie wieder auftreten könne. Des Weiteren bestünde ich Möglichkeit, dass man auch selbst keine Kinder mehr austragen könne. Ich selbst machte mir damals über diese Sachen keine Gedanken; war ich doch der Auffassung, dass ich nicht an Magersucht litt. Ich redete mir ein, dass ich immer noch Zeit lassen könne mit dem Kinderkriegen. Außerdem war ich ja erst Anfang 20 und steckte mitten im Studium.

Für mich stand allerdings fest, dass ich mit Ende 20 Kinder haben wollte, um eine „junge" Mama zu sein.

Das Thema „Kinder" stand dann auch mit meinem Mann im Raum. Tobi wollte auch Vater werden, aber nicht so schnell wie ich. Für ihn hatte die Hochzeit zunächst Priorität.

Zu diesem Zeitpunkt hatte ich bereits seit zwei Jahren keine Periode mehr bekommen. Meine Pille setzte ich noch vor der Hochzeit ab. Ich hatte gelesen, dass nach Absetzen der Pille es noch einige Zeit dauern könne, bis der Körper sich wieder an den normalen Zyklus gewöhnen und einpendeln könne. Wir verhüteten dann anderweitig.

Meine Periode setzte trotzdem nicht mehr ein. So kam mir langsam der Verdacht, dass es eventuell doch durch mein geringes Gewicht zurückzuführen sei. Beim Termin mit meiner Frauenärztin schilderte ich ihr meine Situation und meine Gedanken. Gemeinsam starteten wir eine Hormontherapie. Ich nahm dafür Tabletten ein. Leider war diese Therapie nicht vom Erfolg gekrönt. Meine Frauenärztin beruhigte mich, ich solle mir einfach noch etwas Zeit geben. Falls dies auch nicht funktionieren sollte, könne sie mir eine Kinderwunschklinik empfehlen. Mit Tobi besprach ich dieses Thema. Wir waren uns dann einig, dass wir nach unserer Hochzeit 2017 ein Kinderwunschzentrum aufsuchen und uns dort beraten lassen würden.

Und so besuchten wir dann im August 2017 zum ersten Mal das von meiner Frauenärztin empfohlene Kinderwunschzentrum. Im Vorfeld hatten wir bereits dafür eine ganze Menge Papier zum Durchlesen und Ausfüllen bekommen.

Für Tobias und für mich war diese Zeit absolut belastend. Auch wenn er nicht zeigte, wie nah ihm das alles ging, litt er genauso wie ich. Trotz allem gab er mir immer wieder neue Hoffnung und spendete mir Trost.

Es war einfach unheimlich nervenaufreibend. Durch die Spritzen kam mein Hormonhaushalt ganz schön durcheinander und die Lauferei zu den ganzen Terminen verlangte uns vieles ab. Da meine Hormone Saltos schlugen, trafen mich die Enttäuschungen, wenn es bei uns mal wieder nicht geklappt hatte, sehr tief. Hinzu kamen die Nachrichten meiner Freundinnen, dass sie Nachwuchs erwarteten.

Wie bereits in einem vorherigen Kapitel erwähnt, freute ich mich mit meinen Freundinnen mit. Aber das schlimmste war, dass oft erst später auf diverse Social-Media-Kanäle über deren Schwangerschaften erfuhr. Das tat weh.

Nach den vielen missglückten Versuchen über künstliche Befruchtungen schwanger zu werden, nahmen wir erst einmal Abstand von diesem Thema. Wir brauchten Zeit, um das alles zu verarbeiten. Es litt ja nicht nur der Körper, sondern vor allem auch die Seele. Doch das Vorhaben gestaltete sich als schwierig. Um uns herum waren gefühlt alle schwanger, ich arbeitete mittlerweile als Kinderphysiotherapeutin und übernahm dann auch noch das Amt der Patentante eines kleinen süßen Jungen. Für Kinder würde ich alles tun – ich liebe sie einfach.

Wie im Haupttext schon erwähnt, informierten wir uns dann auch über das Thema Adoption. Nichtsdestotrotz war für uns der Wunsch nach einem eigenen Kind noch nicht vom Tisch. Es war für uns einfach noch eine Option für die Zukunft, falls das alles nicht klappen sollte. Doch so einfach, wie man sich das so vorstellt, war dieser Prozess auch wieder nicht.

Nachdem wir uns von den Strapazen erholt hatten, starteten wir einen neuen Anlauf. Mittlerweile hatte ich auch Kontakt zu einigen Müttern, die durch das Kinderwunschzentrum zu Müttern geworden waren. Der gegenseitige Erfahrungsaustausch tat unheimlich gut und wir verstanden uns prima. Einige dieser Kinder waren sogar Patienten bei mir in der Praxis. So bekam ich auch von den Eltern weitere Informationen, die uns weiterhalfen.

Zum Beispiel nahm ich mir vor, nicht mehr rundum zu erzählen, wenn wir einen neuen Versuch starteten. Die vielen Fragen der Leute hatten mich zuvor unheimlich belastet. Zwar machen sie sich ja nur Sorgen, aber immer und immer wieder unsere Geschichte zu erzählen, war nicht gut für mein Nervenkostüm.

Unsere weiteren Versuche klappten leider auch nicht. Plötzlich weigerte sich der Arzt uns bzw. mich weiter zu behandeln. Falls ich nicht mindestens 15 Kilo zunehmen würde, könnten wir mit der Behandlung leider nicht fortfahren. Diese Aussage traf mich wie ein Schlag ins Gesicht. Ich war doch abhängig von ihm und seinem Können. Wie sollte ich nur so viele Kilos zunehmen? Unvorstellbar! In den vorherigen Behandlungen hatte er diese Forderung nie zur Sprache gebracht. Ich wusste nicht mehr, wo mir der Kopf stand. War niedergeschlagen und enttäuscht. So sah eine Versagerin aus. Eine Frau, die, aufgrund ihrer Scheiß-Krankheit, keine Kinder austragen kann. Auch Tobi war auch sehr enttäuscht, doch er versuchte mich aufzumuntern. Wir entschieden uns dafür, ein anderes Kinderwunschzentrum aufzusuchen.

Im neuen Zentrum war man anfangs auch noch sehr optimistisch. Meine dortige Ärztin teilte mir nach der ersten Untersuchung allerdings mit, dass meine Gebärmutter zu klein sei. Sie empfahl mir zunächst nochmals für zwei bis drei Monate die Pille zu nehmen. Die darin enthaltenen Hormone sollten meine Gebärmutter wachsen lassen. Meine Freunde darüber, dass sie mich als Patientin nicht abgelehnt hatte, verflog allerdings dann mit der Zeit. Ich hatte nämlich angenommen, dass es nun auf drei Monate Verzögerung nicht mehr ankäme. Allerdings wurden aus diesem Vierteljahr zuerst neun Monate und dann ein Jahr. Meine Nerven glichen Drahtseilen. Ich hatte genug von den Enttäuschungen und der anhaltenden Warterei. Das Ziel, als „junge" Frau Mama zu werden, rückte in weite Ferne. Mittlerweile war ich schon 28 Jahre alt und sollte bald 29 Jahre werden. Meine „Uhr" tickte.

Nun waren ja bereits die Covid19-Bedingungen einzuhalten und daher hatte ich lediglich einen Telefontermin mit meiner Ärztin im Kinderwunschzentrum. Sie teilte mir lapidar und total gefühlskalt mit, dass sie keine Chance bei mir sehe Mutter zu werden. Noch ein Schlag ins Gesicht, der mich fix und fertig machte. Mir wurde mit dieser Vorstellung der Boden unter den Füßen weggerissen.

Im Freundeskreis hatten viele Pärchen bereits das zweite Kind bekommen. Nur wir saßen noch „mit leeren Händen" da. Mir war die Lust vergangen, immer nur für andere Kinder Spielsachen zu besorgen oder auf die Kinder anderer Leute aufzupassen. Ich war es leid.

Nun machten Tobi uns ich uns schlau und bewarben uns um eine Adoption. Mich beschäftigte total, ob meine Eltern und Schwiegereltern auch ein adoptiertes Kind akzeptieren und lieben würden. Diese Sorge nahmen sie mir dann aber gleich bei einem gemeinsamen Gespräch ab. Das beruhigte mich total. Es war ein schönes Gefühl, dass meine Eltern sowie auch meine Schwiegereltern offen für dieses Thema waren und uns auch dahingehend unterstützen wollten. Sie machten uns weder Vorwürfe noch setzen sie uns unter Druck.

Das erste Gespräch in der Adoptionsstelle verlief super und wir fühlten uns dort gut aufgehoben. Um an den geforderten Gesprächen teilnehmen zu können, fuhren wir nun fast jeden Monats ca. 150 Kilometer dorthin. Für Tobi war das anfangs schon eine Überwindung. Er war noch nicht zu 100 % davon überzeugt, ob er ein fremdes Kind auch lieben könne. Aber nach ein paar Wochen teilte er mir mit, dass er nun doch bereit für diesen Schritt sei. Darüber freute ich mich unheimlich. Er versuchte mich weiterhin zu beruhigen und beteuerte mir, dass wir noch jung seien und die Hoffnung nicht aufgeben dürften, eventuell doch noch eigene Kinder zu bekommen.

Glücklicherweise hatten wir uns so früh für eine Adoption beworben. Allein das Aufnahmeverfahren dauerte über ein Jahr. Auch wenn man dort „gelistet" ist, hat man noch nicht die automatische Zusicherung, dass man ein Kind auch adoptieren kann. Des Weiteren muss man wahnsinnig viele Auflagen erfüllen, die eingehalten werden müssen. Außerdem muss man ab dem Zeitpunkt der Listung immer erreichbar bleiben. Es könnte sein, dass man angerufen wird und man dann innerhalb eines Tages das Kind abholen muss. An Urlaub ist in dieser Zeit auch gar nicht zu denken. Allerdings bestand die Möglichkeit, dass man sich für den Fall eines Urlaubes dort abmelden könnte, so dass man für diesen Zeitraum nicht zur „Auswahl" steht.

Zu Beginn der Gespräche mussten wir unsere Vorstellungen auf vielen Fragebogen ankreuzen. Zum Beispiel, ob wir uns auch ein Kind mit einer anderen Nationalität oder einer Behinderung entscheiden würden. Die Fragen waren so vielfältig, so dass die Beantwortung sehr wohl überlegt sein mussten.

Auch die Dauer der Gespräche war sehr lange. So beliefen diese meistens auf bis zu vier Stunden. Das war unheimlich anstrengend. Unser zuständiger Sachbearbeiter war aber sehr nett und humorvoll, so dass uns die Zeit nicht mehr so lange vorkam und wir es nicht als einen „Krampf" ansahen. Jedoch gingen diese Gespräche sehr ins Detail. Das alles führte mir nochmal meine ganze Lebensgeschichte vor Augen.

Während dieser ganzen Zeit war ich sehr bemüht, mein Gewicht weiter zu steigern und dafür hatte ich auch meinen Sport enorm reduziert. Mein Wunsch nach einem Kind war nach wie vor sehr groß, jedoch bestimmte dieses Thema nicht pausenlos meinen Tag. Das tat gut.

Klar, weiterhin wurden immer noch viele Freunde und Bekannte Eltern. Das schmerzte sehr in meiner Seele. Dies ließ sich jedoch nicht verhindern oder ändern. Ich nahm es einfach hin.

Tobi und ich machten uns über eine Leihmutterschaft Gedanken, die leider derzeit nur im Ausland möglich ist. Die Kosten dafür sind enorm und betragen mindestens 40.000 – 60.000 Euro. Das ist zwar sehr viel Geld, aber mir wäre es das Geld dafür wert. Aufgrund der Corona-Krise war dieses Vorhaben zu diesem Zeitpunkt allerdings schwer bis kaum umsetzbar. Ich habe dabei auch Bedenken. Mit diesen möchte ich mich allerdings erst auseinandersetzen, wenn wir diese Option näher in Betracht ziehen werden.

Nun sind wir wieder in der Gegenwart angekommen. Nach wie vor bin ich leider nicht schwanger. Aber wir hegen immer noch einen sehr großen Kinderwunsch. Täglich arbeite ich hart an mir selbst und versuche, für meinen Traum zu kämpfen. Für Außenstehende mag dies nur als kleine Schritte aussehen, doch für mich sind es wahnsinnige Hürden. Diese versuche ich jeden Tag zu überwinden. Ich komme zwar voran, aber es dauert gefühlt ewig.

Derzeit bin ich in Behandlung bei einer Endokrinologin, die sich auf Gynäkologie spezialisiert hat. Bei meiner letzten Blutkontrolle haben sich meine Hormonwerte etwas verbessert. Im Moment nehme ich weibliche Hormone ein, damit diese meinen Zyklus wieder hervorlocken und sich mein Knochenstoffwechsel normalisiert.

Zum Glück muss ich diese Hormone nicht spritzen, da diese in Tablettenform sind. Außerdem verwende ich Gels zum Auftragen auf die Haut. Die Ärztin macht mir sehr viel Mut und hilft mir weiter dabei, für meinen Traum zu kämpfen.

In Kürze steht wieder ein weiterer Termin bei der Adoptionsstelle an. Mit unseren Gesprächen sind wir schon relativ weit gekommen, sodass im Laufe der nächsten Zeit ein Hausbesuch ansteht. Das bedeutet, dass sich die Zuständigen sich unser Umfeld anschauen, um sich ein besseres Bild davon machen zu können. Im Sommer 2021 steht ein Wochenend-Seminar an. An diesem Workshop nehmen noch weitere mögliche Adoptiveltern teil, die im Bewerbungsverfahren auf dem gleichen „Level" wie wir stehen.

Was nach dem Workshop geschieht steht noch in den Sternen. Sicher ist, dass mein Mann und ich sehr viel Liebe übrighaben und unsere Türen für ein Baby weit geöffnet sind. Sei es für ein leibliches oder für ein adoptiertes Kind.

Zum Schluss dieses Kapitels möchte ich aber noch erwähnen, dass die Ärztinnen/Ärzte und Arzthelferinnen in den Kinderwunschzentren eine großartige Arbeit leisten und vielen kinderlosen Paaren zu ihrem größten Wunsch verhelfen. Natürlich ist es immer eine individuelle Sache, ob man sich dort wohl fühlt und mit dem entsprechenden Arzt/Ärztin eine Vertrauensbasis aufbauen kann oder nicht. Ich kenne eine Bekannte, die von dem Zentrum, in dem ich zu Beginn behandelt wurde, total schwärmt, wiederum fühlte sich eine andere Freundin dort gar nicht gut aufgehoben und wechselte zu einer anderen Klinik.

Natürlich hatte ich damals absolut keine gute Verfassung, um ein Kind zu gebären, weswegen es bei mir besonders schwierig war und dementsprechend erfolglos verlief. Ich wollte euch trotzdem nicht meine Erfahrung und Gefühle verbergen, die ich damals durchleben musste.

8) Meine Ehe und die Krankheit

Ich hatte euch ja bereits erzählt, dass Tobi und ich uns anfangs nur über Bilder kennenlernten.

Er erzählte mir einmal, dass ich auf den Bildern zwar schmal ausgesehen habe, jedoch hätte ich nicht so dürr gewirkt. Bis er mich dann bei unserem ersten Treffen sah. Die Chemie zwischen uns stimmte jedoch sofort und er wollte sich durch mein Gewicht nicht einschüchtern lassen. Relativ früh informierte ich ihn über meine Krankheit. Ich merkte, dass es ihn sehr beschäftigte. Er sprach mich immer wieder mal darauf an. Er wollte sicher gehen, dass ich auf dem richtigen Weg sei. Zuversichtlich bejahte ich seine Frage jedes Mal, zumal ich damals noch nicht in einer so „schlimmen" Verfassung war, wie in den Folgejahren.

Tobi fielen meine gewissen Marotten schon auf. Ich ernährte mich extrem gesund. Dazu konnte er aber nichts Negatives sagen. Er ist auch sehr sportlich und wir teilten unsere Leidenschaft für das Training im Fitnessstudio. Und trotzdem meckerte er immer und bat mich darum, nicht so viel Ausdauer zu trainieren. Diese Bitten ignorierte ich allerdings. Mir machte zum einen das Joggen Spaß. Dadurch bekam ich einen freien Kopf. Und zum anderen war dieses Training sehr effektiv für meine Fettverbrennung.

Wie schon erwähnt, war es für uns beide selbstverständlich, dass wir bei der Urlaubsplanung ein Hotel mit Fitnessstudio aussuchten. Allerdings kam Tobi in unserem Urlaub auch ohne Fitnessstudio aus. Ganz im Gegensatz zu mir.

Ich war sogar so verrückt und rief noch vor unserem Urlaub in unserem gebuchten Hotel an. Mit meinem gebrochenen Englisch erfragte ich die Öffnungszeiten des Fitnessstudios vor Ort. Grausam war es für mich zu erfahren, dass die

Öffnungszeiten dort nicht mit meinem kompletten „Plan" übereinstimmten. Das brachte bei mir alles durcheinander.

Beim Essen standen wir gefühlt immer unter Beobachtung durch die anderen Gäste. Wir fielen natürlich auf. Durch meine sehr dünne Figur, meine Sonderwünsche und meine eigens mitgebrachten Salatsoßen (von zu Hause) war ich das „Tuschelthema" schlechthin. Tobi war das bereits von Beginn an sehr unangenehm. Mit der Zeit arrangierte er sich damit und half mir dabei, so unauffällig wie möglich zu wirken. So setzte er sich vor mich, damit ich für die anderen nicht im direkten Sichtfeld war.

Selbst bei Familienfeiern war für mich die Essensfrage ein Thema. Ich hatte ja meine fest geplanten Essenszeiten. Bereits Tage zuvor steigerte ich mich schon so rein, dass es mir dann wirklich total schlecht ging und ich dann unter Bauchkrämpfen litt. Allerdings ging ich von Beginn an mit meiner Krankheit offen um und erklärte meine Situation. Meistens nahm ich dann gar nichts zu mir oder brachte mein eigenes Essen mit. Fand die Feier oder das Treffen im Restaurant statt, aß ich höchstens mal einen Salat. Aber aufgrund des dort verwendeten Salatdressings bekam ich danach oft fürchterliche Magenkrämpfe.

Auch wenn wir uns mit Freunden zum Essen trafen, war das immer eine schwierige Sache. Aber die guten Freunde kannten bereits die Situation und richteten sich sogar darauf ein. Das erleichterte mir alles sehr. Dazu muss ich sagen, dass es ja nicht nur meine Krankheit war, die mir mein Leben schwer machte, sondern auch meine ganzen Lebensmittelallergien und Medikamente.

Durch meine Krankheit litt unsere Ehe sehr. Ständig war ich müde, genervt und leicht reizbar. Auch Tobi trug seinen Teil dazu bei. So ist er doch ein echter Sturkopf und kann manchmal sehr unsensibel sein. Einige Gespräche und Diskussionen brachten dann das Fass auch noch zum Überlaufen. Tägliche Themen bei unseren Auseinandersetzungen waren mein exzessiver Sport und meine umständliche Esserei. Was mir allerdings auf den Zeiger geht, war sein ständiges Gezocke am PC. Dies ist damals und auch noch heute ein leidiges Diskussionsthema.

In dieser Zeit weinte ich sehr oft. Jedoch rauften wir uns immer wieder zusammen und hielten uns in den Armen. Dabei bedauerte Tobi es jedes Mal, dass er gar nichts mehr zum Festhalten habe, da ich einfach nur noch aus Haut und Knochen bestünde. Immer wieder sprach er mich darauf an. Sein Wunsch sei es, dass ich endlich einen wohlgeformten Körper bekäme. Aber ich ignorierte seine Wünsche und wollte davon einfach nichts wissen.

Jedoch teilten wir den Wunsch, ein eigenes Kind zu bekommen. Darin waren wir uns einig. Doch Tobi hatte es damit nicht so eilig. Er meinte, wir seien ja noch jung und ich solle keine Panik machen. Da mir aber klar war, dass eine Schwangerschaft bei uns nicht so einfach funktionieren würde, war es mir wichtig, dass wir so bald als möglich ein Kinderwunschzentrum aufsuchten.

Die ewige Warterei begann, die vielen Eingriffe und langen Fahrten. Dadurch wurden wir ganz mürbe. Bei mir drückte sich das durch mein dauerndes Gejammer aus. Und Tobi war dadurch total genervt und konnte es einfach nicht mehr hören. Er versuchte mich immer auf den Boden der Tatsachen zurückzuholen. Vielleicht würde es in ein paar Jahren vielleicht besser klappen. Doch mein Kinderwunsch war so groß, dass ich einfach alles in Kauf nahm – selbst meine Gesundheit.

So spritzte ich mir sämtliche Hormone, hielt Schmerzen aus und musste schwere Schicksalsschläge verkraften. Tobi nahm das auch sehr mit, allerdings versuchte er, dies nicht nach außen hin zu zeigen. Er ist kein Mensch, der sein Inneres nach außen trägt. Generell spricht er nicht gerne über Krankheit und Leid. Anstatt darüber zu reden, lenkt er sich lieber mit anderen Dingen ab. Für viele Außenstehende sah es damals so aus, als ob Tobi die ganze Situation leichter wegsteckte als ich. Nur mir war bewusst, dass er seine

Trauer anders verarbeitete. Für ihn war es alles andere als leicht. Sah er mich doch Qualen leiden. Kein Tag ohne Schmerzen; sei es durch die Hormone oder die endlosen Bauchkrämpfe. Und wenn es nicht die körperlichen Schmerzen waren, so gab meine gefolterte Seele mit mieser Laune ihr Bestes. Ich hatte das Gefühl, dass er sich immer mehr vor mir verschloss und sich entfernte. Oft wünschte ich ihn mehr an meiner Seite und hoffte in gewissen Momenten auf seine Unterstützung. Im Nachgang betrachtet, kann ich ihn heute besser verstehen und es ihm nachfühlen, dass es ihm damals auch nicht gut ging. Doch damals war ich noch nicht so weit mit diesem Gedanken. Ich war sehr auf mich selbst fixiert. So kam mir auch schon der Gedanke, dass er vielleicht glücklicher mit einer anderen Frau wäre. Eine Frau, mit der er sein Leben genießen und nicht mit Mitte 20 schon einen Leidensweg hinter sich hatte wie eine gefühlt 80-jährige. Die Situation verbesserte sich ja auch nicht. Aber nichtsdestotrotz hatten und haben wir auch in diesen schweren Zeiten viele schöne Momente der Zweisamkeit, die wir sehr genossen und viel lachten. Wir verbrachten tolle Urlaube und hatten schöne Erlebnisse bei unseren Ausflügen an den Wochenenden. Regelmäßige Fahrten in die Innenstadt zum Bummeln oder einfach nur die Seele baumeln lassen, gehören auch dazu.

Doch dann stellte ein Ereignis 2019 alles auf den Kopf. Nicht meine Krankheit, sondern Tobi stand im Vordergrund. Er hatte einen schweren Unfall. Er verletzte sich schlimm bei einer Mountainbike-Tour, die er mit seinem Bruder und Vater im Urlaub unternahm. Bei diesem Urlaub war ich nicht dabei. So erfuhr ich erst Stunden später von diesem Unfall und der Tatsache, dass er in einer Not-OP liege. Für mich begannen grausame Stunden des Wartens und der Ungewissheit. Meine Angst um Tobi machte mich fix und fertig.

Ganze zwei Wochen musste er noch vor Ort bleiben, bis er dann endlich transportfähig war. Die Tage ohne ihn waren für mich schlimm. Hinzu kam noch der Stress mit meiner

Fortbildung, der Arbeitsalltag und unser Haushalt, der natürlich perfekt sein musste. Außerdem ging noch unser Gefrierfach kaputt. Darum musste ich mich dann auch noch kümmern. Ihr kennt ja Murphy's Gesetz: Was schiefgehen kann – geht schief.

Es folgten nach Tobis Heimkehr viele Monate mit diversen Arztbesuchen und Krankenhausaufenthalten. Er war leider sehr eingeschränkt in seinem Handeln, so dass der komplette Haushalt und der Einkauf an mir allein hängen blieb. Hätte mich meine Mutter in dieser Zeit nicht unterstützt, wäre ich aufgeschmissen gewesen. Auch auf meine guten Freunde konnte ich mich verlassen. Ist es nicht immer wieder erstaunlich, dass man in solchen Situationen erst bemerkt, wer wirklich wahre Freunde sind, auf die man sich zu 100 % verlassen kann?

Gott sei Dank verging auch diese Zeit. Tobi erholte sich zusehends. Schritt für Schritt kam er in sein altes Leben zurück, so dass er dann auch wieder mit dem Fußballspielen begann. Ich begleitete ihn zu seinen Spielen und schaute ihm dabei zu.

Ich finde, dass uns dieses schreckliche Schicksal noch mehr zusammengeschweißt hat und wir uns damit bewiesen haben, dass wir alles gemeinsam schaffen können.

Als wir dann diese schwere Phase überstanden hatten, wendeten wir uns wieder dem Kinderwunsch-Thema zu. Wie ihr ja bereits aus dem Haupttext entnehmen konntet, ging es leider nicht weiter voran. Die Ärzte weigerten sich, mich weiter zu behandeln.

In dieser Zeit meldeten wir uns auch bei der Adoptionsstelle an. Tobi teilte leider zuerst nicht meine Entscheidung zu diesem Schritt. Er meinte, dass wir diese Option erst in Erwägung ziehen sollten, wenn wirklich alle anderen Möglichkeiten ausgeschöpft seien. Mein Einwand, dass es bei Adoptionen immer zu längeren Wartezeiten käme und die

Richtlinien für das Alter der Adoptiveltern eine große Rolle spiele, ließ ihn aber dann doch für diese Idee erwärmen. Wir sprachen jetzt offener über diese Option und er konnte sich jetzt auch eher damit anfreunden, so dass wir dann doch den Adoptionsweg einschlugen.

Zu dieser Zeit fühlte ich mich sehr unglücklich und versankt in Melancholie. Ein Leben ohne ein Kind konnte ich mir einfach nicht vorstellen. Hinzu kam dann noch die Diagnose der Osteoporose. Auch für Tobi war diese Zeit wieder sehr schwer. Aber er ließ seinen Gefühlen keinen freien Lauf und fraß alles in sich hinein. Aber er beharrte darauf, dass ich nun unbedingt weiter zunehmen müsse.

In diesem Moment machte es endlich bei mir KLICK! Ich stellte mein Sportprogramm um und aß mehr Kohlenhydrate. Zu Beginn waren es schreckliche Tage und Wochen. Mehrmals stellte ich Tobi die Frage, ob man schon sehen konnte, dass ich zunahm. Außerdem erkundigte er sich täglich über meinen Essensplan. Das setzte mich innerlich total unter Druck.

Aufgrund des dann folgenden zweiten Corona-Lockdowns bot sich mir kaum die Gelegenheit meine „normalen" Klamotten anzuziehen. So bin ich schon aus beruflichen Gründen immer in Sportoutfits unterwegs. Aus Langeweile und reiner Neugier probierte ich kürzlich mal eine Jeans an. Und tatsächlich trat jetzt der Moment ein, vor dem ich mich immer gefürchtet hatte: Ich musste mich förmlich in diese hineinquetschen! Geschockt schaute ich an mir runter. Hatte ich mir zwar sehnlichst eine Gewichtszunahme gewünscht, so traf ich doch die Erfüllung dieses Wunsches im ersten Moment hart. Tobi war begeistert, da man jetzt endlich mal einen Erfolg sah. Doch er verstand meine erste Reaktion. Er versprach mir, dass er mir alle Klamotten neu kaufen würde. Das wäre doch kein Problem. Daran sollte das „Projekt" nicht scheitern. Das fand ich unheimlich süß und wusste es auch zu schätzen. Aber in diesem Moment war das gerade kein Trost für mich. Wohin sollte das noch führen? Seit fünf Monaten habe ich jetzt nun kontinuierlich zugenommen. Es ist immer noch absolut schwer zu verstehen und vor allem zu akzeptieren. Was geschieht, wenn ich immer weiter zunehme und immer fetter werde? Gefühlt habe ich diese Fragen schon 1000-mal an Tobi gestellt. Obwohl Geduld nicht Tobis Stärke ist, beruhigte er mich oft und bestätigte mir, dass auch er manchmal zu viel esse und papp satt sei – genau wie ich jetzt einige Male.

Durch meine ständige Fragerei verlor er öfter mal die Nerven. Wir schrien und an und warfen uns Dinge an den Kopf. Allerdings dauerte es zum Glück nie lange, bis wir uns wieder in den Arm nahmen und die Situation klärten.

Was sich bei uns eingebürgert hat ist unser gemeinsamer Spaziergang nach dem Abendessen. Das tut uns beiden unheimlich gut. Wir erzählen uns von unserem Arbeitstag und sprechen über Dinge, die in Kürze anstehen. So kommen wir dann meistens total entspannt nach Hause. Seit kurzem haben wir auch das Puzzeln für uns entdeckt. Das beruhigt total und macht uns echt Spaß.

Nun liegt der Fokus darauf, dass ich gesund werde und unsere inneren Wunden heilen. Alles weitere wird sich zeigen.

In letzter Zeit gibt es allerdings noch ein paar Streitigkeiten, die aus Kleinigkeiten entstehen. Vor lauter gegenseitiger Rücksichtnahme haben wir nicht alles ausgesprochen, was nun nervt. So hat sich einiges angestaut und das muss raus. Wir haben aber das gemeinsame Abkommen getroffen, lieber alles gleich anzusprechen. So gehen wir – hoffentlich – unnötigen Streitereien aus dem Weg.

Trotz allem bin ich unheimlich froh und glücklich, dass Tobi an meiner Seite ist. Er hat so viele schlimme Momente und

Situationen mit mir durch- und überstanden. Und steht sie weiterhin mit mir durch.

Manchmal hatte ich mir an der einen oder anderen Stelle mehr Einfühlsamkeit und Aufmerksamkeit gewünscht. Für mich kam sein Verhalten sehr oberflächlich und abgebrüht rüber. Auch das er gerne viel und oft zum Zocken am PC hockt, sowie mein Perfektionismus, sind immer wieder Streitpunkte. Aber wir arbeiten beide daran. Wir lieben uns und wollen alles gemeinsam schaffen. Tobi verarbeitet vieles, indem er es eher mit sich selbst austrägt und sich ablenkt, sei es mit dem PC oder über den Sport.

In jeder Ehe gibt es Höhen und Tiefen. Manchmal himmelhochjauchzend und dann zu Tode betrübt. Um so schöner ist es doch, wenn man sich nach einer Meinungsverschiedenheit wieder in die Arme nehmen kann. Wir sind uns unserer Macken bewusst. Wir versuchen aus allem das Beste zu machen und hoffen auf eine tolle unbeschwerte Zukunft. Ob diese dann auch mit einem Kind sein kann, wird sich zeigen. Das wichtigste Geschenk ist unsere gemeinsame Zeit – denn keiner weiß, wie viel uns davon noch bleibt.

9) Was ich mir so wünsche und ein großes Dankeschön!

So, jetzt konntet ihr meine Lebensgeschichte lesen. Ich hoffe, ich habe euch damit nicht gelangweilt.

Ihr habt einen detaillierten Einblick in meine Gefühlswelt und Psyche erhalten. Mir ist es nicht immer leicht gefallen alles niederzuschreiben. Im Nachhinein betrachtet war es für mich auch erschreckend zu sehen, wie mein Leben bisher verlaufen ist. Mir wurde klar, was meine Magersucht mit und aus mir gemacht hat. Es war wie eine regelrechte Therapiesitzung mit mir selbst. Mir geht es schon viel besser als ein paar Jahre zuvor. Es halt eben sehr lange gebraucht, bis es KLICK machte. Doch mein Hebel habe ich umgelegt und es geht körperlich stetig bergauf. Es gibt gute und schlechte Tage. Aber ich schöpfe aus den guten ganz viel Kraft. So lassen sich die schlechten besser wegstecken. Manchmal klappt das gut, manchmal eben nicht. Trotzdem bin ich guter Dinge. Ich spreche mir Mut zu. Ich bin auf einem guten Weg und ich bin mir sicher, dass ich alle Hürden überwinden werde.

Für die Zukunft wünsche ich mir, dass ich weiterhin lerne auf meinen Körper zu hören. Ich will intuitiv in mich hineinhören und fühlen. Die blöden Gedanken möchte ich komplett ausblenden können. Mein Leben will ich endlich in vollen Zügen genießen. Ein schlechtes Gewissen mag ich dabei nicht bekommen wollen. Und ich will positiv in die Zukunft schauen. Außerdem möchte ich auch ohne Angst mal „NEIN" sagen können und mir mehr Pausen in meinem Alltag gönnen.

Ich danke meiner ganzen Familie, speziell meinen Eltern, für deren Unterstützung während der gesamten Zeit. Sie haben mich in jeder Phase immer wieder aufgefangen und aufgebaut. Außerdem danke ich meinem Mann sehr, der mich in den schweren Zeiten ertragen und immer wieder neu motiviert hat und mir gut zusprach. Des Weiteren danke ich meinen Freunden für deren tollen Support. Ohne euch hätte ich das alles nicht geschafft.

DANKE! Ich liebe euch.